U0589898

作家文摘 | 历史回眸

名家忆文系列

《作家文摘》/ 编

中国出版集团　现代出版社

目录

第一章　风烟并起思归望

第二章　曾是惊鸿照影来

第三章　桃李春风一杯酒

第四章　无多岁月已沧桑

风烟并起思归望

晚年张元济

·张祥保·

叔祖张元济（1867—1959 年）在六十岁退休后，仍一如既往，每天伏案工作不止。即使和家人一起进餐时也往往把书报带到饭桌上，边看边吃。家人有事和他相商总得走到他的书桌旁去打搅他。他倒是每次都放下笔来耐心听话、答话。抗战开始我们搬家后，我（张元济侄孙女）的房间就在叔祖的隔壁。每天，特别是在我放学或者后来工作下班回家来，总要去和叔祖闲话几句，告诉他我一天的经历，谈谈我的学习、工作，以及我的各种想法。他从不厌烦我打断他工作，很关心地询问一些情况。然后，他又提起笔来工作了。

叔祖从早到晚坐在书桌边写啊，写啊。清晨起得很早，在家人起来时他已坐在书桌边了。晚上很晚才上床，上床后还要先靠着床看一会儿书。房里桌上、柜子里全都是书。还有各种封袋装着来往书信及稿件，封面上标明内容类别。

整理报刊是叔祖予我的另一任务，每隔一段时间须清理一次。从叔祖积累在抽屉里的粗细绳子中取出合用的，把报刊分门别类地捆好，注明从何日起到何日止。如有短缺，则注明其日子及期数。叔祖生活在书堆里，但一切是如此有条不紊。他令我去别的房间取书的话，总在纸条上写上书名，在哪个柜子里，哪个搁板上，左边或是右边。

在谈话中，有时提到某事物在中国历史上出现的时候，叔祖便指出在某本书、某篇文章中首先出现相关的词，足以引证。有一段时间，叔祖为编成语词典收集词条。除了阅读古典小说、鲁迅全集等各类作品时，顺手在准备收集的词边画上红条为记之外，还核对各种词典。这可说是他的消遣。当坐在沙发里，闭上眼睛养养神时，他会叫我逐条念给他听词典中所列的条目，把需要的写在卡片上。我挨次念着。常常记不住哪些是在前面词典中已经列过的词条，又重复再念。叔祖便止住我说：前面哪本词典中已经出现过。那时候他已年过七十了，记忆力仍很惊人。

叔祖每隔一些时候便要写些对联、条幅等。有的是为求字者写的，有的是写了作为送人的婚丧礼品，在抗战开始后，还有的是为了需要润笔贴补家用而写的。其实，当时在熟人中就有为生活所迫而给日伪效劳的。但是叔祖不一样，我清楚记得有一天几个日本人在我们家门口从汽车里下来，求见叔祖。我们都很紧张。叔祖拒绝接待，在纸上写了（大意是）"两国交战，不便接谈"。他们接过去边读边笑，驱车走了。

叔祖对食物也没有特殊的爱好。除了一日三餐，下午四点左右喝半杯奶茶，吃一两片饼干。有时一边吃一边玩几分钟32张的骨牌。牌的年代已很久，上面的点子都看不清了。我记得他能吃孩子们不爱吃的苦瓜、肥肉、淡而无味的白煮蔬菜。衣着更是他不愿意花时间、精力的事。我怎么也想不起来叔祖做过哪件新衣服。年复一年，他夏天穿麻布背心，冬天穿灰棉布罩袍，戴着露出指尖的黑毛线手套，最冷的时候还戴上棉耳罩，那还是叔祖母早年亲自缝制的。我只见过一件已经洗得硬板似的灰色毛线衣，领口已用布绳了边。哪天叔祖在长袍外加上黑马褂，戴上黑瓜皮帽，那准是要出门为人证婚或者去丧家"点主"了。衣服总是那么几件，鞋子也就这么几双。传说把他绑架走的强盗看见他的棉袍里子上打的补丁都有所感触。叔祖有一只大圆表，系的是一条黑丝带，只是出门时戴，说是祖姑母送的。我上大学后，每逢大考，叔祖允许我戴了它去参加考试。

我大学毕业后，开始工作的那天，叔祖送我一首诗："勤慎谦和忍，五字莫轻忘，持此入社会，所至逢吉祥。"我的工作是在一家公司阅读外文书籍，把内容摘记下来，供领导人参考，不必每天上班。那是在抗战年月，生活艰苦，人们都兼职。我应一位老同学之邀，去中西女中兼课。过了一段时间，叔祖认为我花在兼课上的时间过多，为我起了一封信稿，嘱我向公司要求只领取半时工作的薪金，因为我不该"尸位素餐"。

1949年9月，叔祖应邀和叔父一起来京参加开国典礼。政府支付他来京的一切费用，他再三推谢。因工作人员实在无法处理此事才算罢休。在参加政协第一次会议后，他表示使他兴奋的是昔日帝皇的宫殿，今天成了各阶层人民聚集一堂的会场。

我几乎天天去六国饭店看叔祖。遇见过正在拜访他的周总理、陈云等同志。随叔祖游故宫的时候，他指给我们看他当年参加殿试时的保和殿。那时候我的大孩子刚两个月。叔祖参观北京大学图书馆收藏的善本书那天，特地到我们家来看这个小婴儿。我们门窗外有一架紫藤花，室内较暗。叔祖为他起名为"烨"，取其明亮之意。

叔祖从北京回到上海不久，便在商务印书馆成立工会那天，正在讲演的时候，中风瘫痪了。从此再也没有回到他的书桌，而是把书桌移到了床上胸前。此后我回家探望几次，叔祖不是躺在家中便是住在医院，我再也见不到昔日终日伏案不停工作的叔祖了。最后一次见到他，他说话已不太清楚，但关心小辈的心情一如既往。在两年前叔祖已停止给我写信了。"文革"抄家盛行，我在夜里偷偷地把叔祖给我的信一一重读之后付之一炬，因为我不愿意珍藏已久的信，特别是灌注在内的感情，遭到亵渎。我只保留了1954年叔祖写给我的最后一封信：

      祥保收阅，岷源均念，汝烨兄弟同此，顷接到本月十日来信知道合家安好，甚欣慰，你第二男儿要我取一名字，我想用一个"耀"字，意取光耀，将来望他声名四达，你和岷源斟酌是否可用。高妈病了，你加忙，有幸可以支持，不要过于劳碌，是为至嘱我身体如常，夜眠亦足，胃口更好，终日只想吃，大有返老还童的样子。天天吃两三支葱管糖，午餐必食肉，早餐吃一二枚鸡蛋，晚饭只饮粥几匙，也很

够了，每日饮牛奶半磅，享用很不差。此间天气，晴少云多，雪仅飘了几天，房间已生火，平均有六十度，很舒

信纸在此剪断了。我从此再也没有收到过叔祖片纸只字了。

（《作家文摘》2015年总第1876期，摘自《张元济往事》，张树年著，东方出版社2015年8月出版）

赵珩谈祖辈往事: 百年斯文

·赵珩口述, 郑诗亮采写·

赵家在中国近现代史上, 拥有特殊的地位。赵珩先生的曾祖一辈"是尽人皆知, 所谓一门三进士、弟兄两总督", 亲曾祖赵尔丰与清朝倾覆、民国肇始有着直接关系, 曾伯祖赵尔巽任清史馆总裁, 主持了《清史稿》的编纂工作。父亲赵守俨主持了"二十四史"及《清史稿》的点校工作。从赵珩先生讲的赵家故事, 我们可以看到老派人物在新旧中西之间的取舍去就、继往开来——

我的亲曾祖赵尔丰不是进士出身, 而是道员。因为他很干练, 被任命为川滇边务大臣, 后来又做了驻藏大臣, 最后是署理四川总督, 也成了封疆大吏。从前对他的评价贬多于褒, 现在是褒多于贬, 这主要牵涉到民族问题。现在看来, 当时英国人觊觎西藏, 他在西藏的时候, 维护国家的领土完整, 有很大的功绩。还有就是推行铁腕政策, 镇压土司叛乱, 改土归流,不让外国人染指西藏。

祖父的事情，我父亲跟我谈了很多，直到去世前，在病床上还在说，父亲认为我的祖父是非常了不起的通才。我祖父是赵尔丰最小的儿子，他大排行里行九。启功先生的口述史里也经常提到赵九先生，他的名字叫赵世泽。

后来，因为我的曾祖伯赵尔巽和张作霖的关系——张作霖是赵尔巽收服并重用的，因此我祖父做了一任黑龙江省烟酒事务专卖局的局长。这当然是个肥缺，但他1929年年中就辞官不干了。因为他对张学良有看法。我1993年在台湾去拜访了张学良。头一天晚上我给张学良打电话，他秘书搞不清情况，接着张学良就自己拿起电话问我："你哪个赵家？"我说了我祖父的名字。他说："那我知道，是北平东总布胡同赵家，我去过，是九爷家。"第二天我就去见他了。我去的时间非常仓促。约的十点钟见面，我很准时，他老先生到十点半才起床，我十一点一刻还和陈立夫约了在孔子学会见面，中间时间非常短，就谈了二十多分钟。

为什么祖父对张学良有看法呢？主要是杨宇霆、常荫槐的问题。其实这两个人在东北系里是最有能力的，脑筋也是最清楚的。他俩是日本人最头疼的人，日本人染指东北，这两个人是非常大的障碍。张学良杀了这两个人，正好给了日本人机会。用我祖父的话说，如果杨、常不死，也许就不会有后来的"九一八"事变。我祖父和杨宇霆没啥特殊的关系，但是跟常荫槐关系比较好，所以对张学良就有了一些看法，虽然我们两家是儿女亲家——我祖父的堂弟娶的是张学良的妹妹。旧时的姻亲关系很复杂，我叔祖父的女儿，也就是我堂姑姑，嫁给了白崇禧的儿子、白先勇的哥哥白先忠。张学良当时就用东北土话跟我说："其实历史上有很多事儿都不是一码子事儿。"意思是说，你们家是官宦人家，我们家是绿林出身。他又说："你们家和白家也不是一回事儿。"你看，中国历史上恰恰很多"不是一码子事儿"的家族有姻亲关系。

我祖父1929年年中就举家迁回了北京。回京后祖父就暂时住在赵尔巽的家里。赵尔巽是1927年去世的。去世后在家里设了灵堂，张作霖从大元帅府披麻戴孝赶过来吊孝。因为赵尔巽是张作霖的恩人，张作霖跪下便磕头，大概是太激动了，起来后，两个鼻孔都在流血。不久张作霖回东北，在皇姑屯就被炸死了。赵尔巽死后，我祖父就买了北京的房子——东总布胡同61号，我就出生在那里，那是北京为数不多的花园洋房。

现在提到我祖父的很少，只是谈到故宫藏品的时候会偶尔提一下。他是一个生不逢时的人。他到北京以后，就移情于戏曲、收藏，做了寓公。他收藏的书画碑帖很多，是当时著名的收藏家。我家的东西主要损失于抗战期间。他不肯出来为日本人做事情，断了经济来源，为了维持日常生活就大量地变卖家里的文物古玩。

祖父多才多艺。张君秋是他的义子，曾一度就住在家里。他为张君秋编的《凤双栖》是从李渔的传奇改编的。他的字也写得很好，启功先生看过他写的很多字，用启功先生的话说是"通篇无一字败笔"。他人长得也很漂亮。他娶过好几个太太，包括我祖母在内都是侧室，我父亲就是庶出的。但是我父亲从来没有因自己是庶出而有任何的自卑。

虽然我父亲比启功先生小十来岁，但启功先生一直管他叫学长兄，他们同时受业于戴绥之先生。1971年，当时恢复整理"二十四史"，我父亲点名要两个人，一个是北师大的启功先生，另一个是民族学院的王钟翰先生，于是把他们两个人给解放了。所以启功先生非常感激他。我父亲住院了，启功先生身体那时也不好，还常来看他，而且给病房的医生护士几乎每人写了一幅字，意思是让他们好好照顾我父亲。启功先生也是非常重情义的人。

很多著名学人都是我从小就认识的，是忘年之交。我和朱家溍先生、王世襄先生的关系都非常好。我还记得陈梦家先生跟我说过："你知道我为什么叫梦家吗？因为我妈生我之前，晚上梦见豕了，我总不能叫梦豕吧，所以就在豕上加了个宝盖头。"许宝骙是我姨公，是我妈的亲姨父。我的外婆是嘉兴钱氏。许宝骙的姐姐许宝驯就是俞平伯夫人。许宝骙特别有意思，就是在"文革"中，春节也作了很多谜语。"小生幽会，打一国名"，我马上就猜出来了——约旦。

周绍良、黄苗子、丁聪、邓云乡、顾学颉、黄永年他们都来过我这儿。苗子先生九十岁了，带一个西瓜来看我，能拎着从一楼爬到四楼。我觉得真正奢侈的一件事情，是能够和前人、古人对话。

（《作家文摘》2016年总第1915期，摘自《百年斯文：文化世家访谈录》，郑诗亮采写，中华书局2015年8月出版）

李鸿章家族: 百年兴衰一笑过

·李家骁口述, 密斯赵采访整理·

李家骁, 晚清重臣李鸿章最小的曾孙, 现居上海。祖父李经方是李鸿章的长子, 曾任多国公使, 祖母是法国人。其父李国焘兼通中外文史, 当过上海邮政局局长。然而, 原本含着金汤匙出生的小少爷, 生逢乱世, 家族的荣耀没有享受到, 反而于李家没落之途中, 历经坎坷。李氏四代, 从官到民, 家族兴衰, 他一笑而过。

父子外交官

我出生时, 爷爷李经方已过世四年, 老太爷李鸿章更是无缘一见。但李家的家史却时常促使我心存好奇, 那究竟是怎样的一段烟云?

有一年，我去合肥拜祭李氏祖先。我在香堂里看见了传说中的黄马褂血衣和康有为的挽联。我是怎么识得康有为的字迹的？靠的正是家信，老太爷留下了几十封亲笔信。我将书信摘抄复印了回家细读，从而识得康氏字迹，更是窥得老太爷和爷爷之间的些许往事。

老太爷是个严父。作为长子，爷爷从政是不容商量的。然官场险恶，更何况处于乱世，这对父子外交官如履薄冰。在慈禧眼里，八旗子弟和汉族大臣是不一样的。八旗子弟出身高贵，擅长吃喝玩乐，虽居高位，却不顶事。但凡要和外国人交涉，她只能把老太爷他们这批汉族大臣推出去。况且，那些洋人也瞧不上亲王们，指名要李鸿章过去。于是，爷爷跟着老太爷，对内要伺候好慈禧和亲王们，大兴土木给慈禧过生日，对外又要与洋人周旋。

比如说，老太爷的信里就嘱咐爷爷，拜访某某亲王需要备齐多少礼品，甚至帖子的格式也反复叮嘱，生怕儿子疏忽大意得罪了人。面对洋人，更是十分谨慎。因为爷爷做过多个国家的公使，所以历史上诸如《马关条约》等丧权辱国的文书都是爷爷签署的，世人还因此送了他一个外号"割台大臣"。为此，爷爷一度心存芥蒂。他觉得自己跟着老爸出使，明明做的都是递雪茄、送牙签的事，却还要承担签字的责任，为世人所不齿，有委屈又不敢言。其实老太爷也不是存心要叫儿子做"卖国贼"，割让土地都是慈禧的意思，让李经方签字则是洋人的意思。

时间一长，看爷爷意志消沉，神色憔悴，老太爷毕竟舐犊情深，不忍儿子受罪，便鼓起勇气上书慈禧，称"经方体弱"，是否可改派八旗亲王随他出使交涉。慈禧当然是不准奏的。于是爷爷只能寄情于朝务之外。

爸爸终生怀恋英国女友

爷爷风流倜傥、妻妾成群。爷爷在担任大清驻外公使期间，曾聘用过一位英文女秘书和一位法文女秘书。两位秘书后来都成了公使夫人。法国夫人居芜湖，给他生了大儿子李国焘，英国夫人居上海安庆路，生了小儿子李国然。其中，李国焘便是我的父亲。

都说我爸爸李国焘命大。当时我的那个法国奶奶海伦难产大出血。外国医生对爷爷说，您太太怀的是龙凤胎，看情况母子三人中只能保住一个。爷爷当然是保儿子，结果夫人带着"凤胎"去世。

爸爸满两周岁那年，老太爷签完《辛丑条约》吐血不止，驾鹤西去，爷爷才有了当家做主的机会。但他变得和老太爷一样独断专行。

爸爸长得酷似奶奶，加上生长在英国，说一口流利的英语。爸爸和初恋女友是被爷爷亲手拆散的。爸爸身材魁梧，加上驻英公使之子的尊贵身份，所以在英国剑桥大学经济系念书时，也算是个风云人物。然而，他却和一名郊区庄园里的小姐谈上了恋爱。

临毕业时，两人的感情已到了谈婚论嫁的程度。爸爸禀告爷爷说想娶这位姑娘为妻，遭到了爷爷的反对，勒令他拿到学士学位后立马回国结婚。爷爷指给爸爸的是一桩亲上加亲的婚事。那位小姐是老太爷李鸿章姐姐的孙女。这种婚姻在旧式封建大家庭里很常见。爸爸虽然不乐意，但又不敢先斩后奏，只好挥泪别女友，想回国当面向父亲再争取一下。临别时，英国姑娘剪下了自己一条三寸长的金黄色的小辫子，赠予爸爸，又送了他一枚极细巧的 18K 金戒指。

爸爸回国后虽据理力争，可最终没有得到婚姻自由。他做什么工作、娶什么妻子都是爷爷说了算。然而，他始终没有忘记在英国的初恋女友。爸爸的右手中指上，一辈子都戴着英国姑娘送的那枚鸡心图案的金戒指，那条三寸长的黄辫子则一直珍藏在抽屉里。

直到有一天，我翻爸爸的抽屉玩，发现了这条奇怪的小黄毛辫子，才从爸爸那里得知了这一段爱情故事。爸爸告诉我，几十年过去了，两人依旧保持着书信来往。1962 年，爸爸走了。他落葬时，我把黄辫子和金戒指悄悄地塞进棺材，让他带着定情信物去和初恋女友黄泉相逢。

没享过遗产之福

李鸿章死后，李家家道中落。辛亥革命爆发后，李经方丢官弃爵，偕子嗣移居上海。民国时期，李氏一族依靠老太爷留下的家产，日子过得还不错。记得小时候，爸爸常备一中一西两套礼服，与严复等一干北洋遗老遗少吟诗作对，往来频繁。我作为小少爷，也是一身礼服，跟着爸爸去社交。

爸爸的慷慨大方是跟爷爷学的，我那有名的表姑母张爱玲结婚时，爷爷还给了她一条弄堂作为陪嫁礼呢。那条弄堂在常德路，离张爱玲住的常德公寓不远。幸亏爸爸有钱的时候乐善好施，中华人民共和国成立后，那些受过李家恩惠的也都反过来帮助我们渡过难关。

中华人民共和国成立之初，公私合营之前，爸爸主动捐献了安徽芜湖的很多房地产，比如长江边华盛街上的"钦差府"就被捐献出来办学校了。上海方面呢，比较体面的房地产，比如现在乌鲁木齐路上徐汇网球场附近的几处也捐献出去，只留几处自己和家人住的房子。剩余的部分也积极参加公私合营，最后只留下六十一幢房子等待接受"社会主义改造"。于是，爸爸这个"开明绅士"被聘为上海市文史馆馆员。

但那时家里一群老少的开销不小，大概是1952年或者1953年，为了节省开销，爸爸退掉了慈惠南里和新昌路的房子，辞了用人，带着我和姐姐以及姨妈搬到了裕华新村，与大妈妈还有哥嫂同住。

有一天，爸爸和盛宣怀的四儿子盛恩颐出去散步，在路边的小铺里每人吃了一副大饼油条，然后打算去襄阳公园里坐坐。谁知到了公园门口，两人你翻翻口袋，我翻翻口袋，竟然拿不出买门票的钱了。

爸爸去世后有人问我，你们李家难道真的没有一点遗产可以周转吗？爷爷在上海拥有大量房地产，但他妻室太多，所以遗产的分割相当复杂。1933年，他亲笔在一幅长三米、宽一米的宣纸上写下遗嘱，白纸黑字写清楚后代中哪一房、哪一人分得哪些。这份遗嘱原件收藏在爸爸手里，爸爸去世后由我继藏。遗嘱在"文革"中被抄走，落实政策时又发还。

事实上，我没享受到什么李家的遗产之福。如今，我和太太都退休了，总算不再为家庭操心奔忙，当起了一名逍遥的"文艺老年"，圆了少时的梦。

（《作家文摘》2016年总第1916期，摘自《名人传记》2016年3月［上］）

祖父载沣：进退有道

·金毓嶂·

祖父不辱外交使命

1883 年 2 月 12 日，我祖父爱新觉罗·载沣出生于北京。1891 年 1 月，我曾祖父奕譞病故，八岁的祖父承袭醇亲王爵位。祖父载沣很早就步入政坛，位列朝班。据《皇叔载涛》一书记载，载沣"十八岁历任阅兵大臣、正蓝旗总旗长、都统；二十岁任随扈大臣；二十三岁任正红旗满洲都统；二十四岁在军机大臣上学习行走；二十五岁任军机大臣，后又任监国摄政王，成为清王朝最高统治者"。

1900 年，八国联军攻入北京。清廷与八国联军议和后，因涉及德国公使克林德被杀一案，德国要求清廷派亲王作为专使到德国"谢罪"。1901 年，清廷派祖父载沣为钦差头等专使大臣出使德国。是年，祖父十八岁。对于专使一行到德国"谢罪"，德国打算要求参随人员见德皇行跪拜礼，而这在清朝的对外交往中没有先例，是难以接受的。祖父一行到达德国后，就面见德皇的礼节进行了多方交涉和斡旋，最终使德皇放弃了这一要求。

祖父顺利地完成了外交使命，维护了国家尊严，使国人深受鼓舞，也赢得了德方的尊重，受到很好的款待。德国之行使祖父对西方军事、经济、文化等方面的先进发展极为感慨，他开阔了视野，扩大了眼界，认识到世界各国飞速发展形势下清廷的没落，也深刻体会到"落后就要挨打"的真正含义。

这一事件的成功办理，使慈禧太后认识到我祖父办事能力很强，更加重用他。同时，她也心存猜忌和不安，于是便有了不惜撕毁祖父原订婚约，将其心腹荣禄的女儿瓜尔佳氏强行指婚给我祖父之举，以进一步笼络和控制这个后起之秀。

祖父深受其父影响，为人谦和，做事谨慎，老成持重。他在官场多年，对政治、权力一向淡漠，他的长子溥仪被推上皇位之时他曾再三推辞。1908 年，祖父奉慈禧太后遗命为监国摄政王入朝理政。

辛亥革命爆发后，1911 年 12 月 6 日，祖父辞去摄政王职务。当时，政治形势极其复杂，主张动用武力抵制革命的王公亲贵大有人在，在是战是和、决定清廷前途的多次御前会议上，祖父要么缺席会议，要么一言不发，他没有主张武装抵抗革命。接着，祖父辞职回到家中，轻松地对家人说："从今天起我可以回家抱孩子了！"至此，祖父开始了新的生活。

孙中山赞许祖父在辛亥革命后的举措

1912 年 9 月，孙中山来北京时，专门到醇亲王府会见了我祖父载沣。他对祖父在辛亥革命后的举措表示赞许，认为祖父顺应历史发展潮流，辞去摄政王职务，同意清帝退位，拥护共和，是爱国、明智之举。辛亥革命前后，祖父掌握兵权，身边有一股不小的政治力量，不是不可以动用武力，但他认识到人心瓦解、国势土崩的国之现状，预料到整个形势的发展终将无法与革命党抗衡，即使动用武力也只能使生灵涂炭，最终同意政权和平交接，避免了国家和人民的损失。这次会见，宾主双方都很愉快。临别时，孙中山向祖父赠送了他亲笔签名的照片。

祖父就是这样一个很实际的人，他头脑清醒，忍让谦和，承认现实、承认失败。清帝退位后，祖父在醇亲王府中过着平静的生活。当端康太妃、他的嫡福晋瓜尔佳氏及许多前清旧臣从事复辟活动时，他置身事外，并未参与。日本人利用溥仪到东北建立伪满洲国，他非常反对，并再三拒绝日本人的威逼利诱，坚持不参与伪满洲国的公事，不到伪满洲国任职，只是短时间以父亲的身份去东北看望过溥仪几次。除在天津租界住过几年外，他长期居住在北京，直到去世。

他原本可以成为一个自然科学家

在我的记忆中，祖父更是一位智慧、简朴、慈祥、疼爱子女的居家老者。

祖父精通满文，曾经用满文和汉文写日记。祖父的日记有很多本，我少年时常常见到祖父的三本日记散放在家中抽屉里。凡祖父不愿意他人看到的内容便用满文记录。记录的内容很简单，比如，今日见某某，通常只录一句话，内容和用语都非常简洁精练。

祖父对自然科学非常感兴趣，喜欢天文、地理、绘图等，醇亲王府里就安放有一个他向别的王公借来的日晷。祖父常指着浩渺的天空教孩子们认天上的星座。如果不是出生于那样的时代和那样的家庭，祖父也许可以成为一个自然科学家。

祖父对天文学的喜爱始于陆军贵胄学堂。陆军贵胄学堂是清廷专门为王公贵族子弟开办的一所贵族学校，学堂内设有军事、天文、地理、历史、算术等科目。祖父上课非常认真，两年内，他的笔记和作业所用本册就有一书箱之多。他对天文、地理两课最感兴趣，在家中购置有星球仪、地球仪、三球仪、天文望远镜及天文、地理挂图和多种书籍。遇有日食或月食的时候，他用蜡烛熏黑玻璃片作为观测工具，兴致勃勃地带领孩子们观看。他把情况详细记入笔记中，并附有工笔图形，同时写下自己的分析和研究。他在日记中还记载有"哈雷"彗星的实地观测情况。

我的出生让祖父喜出望外

进入民国后，祖父隐居在家不问政事。国民党统治时期和日伪时期，各方势力都曾邀请他出任官员，虽然只是挂名，他都予以力拒。祖父喜欢看书，每天大部分时间在书房度过，看书之余他写下了"有书真富贵，无事小神仙"一联，表达了他的淡泊之志。由于家中长期无人在外做事，家计主要依赖祖上的积蓄维持，天长日久，我家的生活水平逐渐下降，祖父却安于这种日渐贫困的生活，吃穿用度很简朴。

我出生的时候祖父已经六十多岁了。那时，他的长子溥仪没有子女，次子溥杰育有二女，而我是我父母结婚五年后生育的长子，是祖父的长孙，又出生于羊年，祖父载沣、二伯父溥杰也属羊，按传统习俗，这种情况是"三羊开泰"，很吉祥。

我的出生，使祖父喜出望外。但因为我是在父母结婚多年后出生的，据说我刚出生时，祖父并不相信是自己的亲孙子，曾疑心我是抱养的，派人把我抱到他跟前去看，见我长得很像他，才疑心尽释，倍感欣喜。为纪念长孙出生，祖父特意定做了一对纯金大碗，并刻字留念。"文革"时，父亲把这对金碗上交给了国家。

自我出生之后，我的弟弟妹妹相继出生。祖父专门为每个孩子定制了玉锁，玉锁上刻有各自的小名。我们兄妹的出生使祖父感到很欣慰，认为家族自此后继有人，对孩子们宠爱有加。

虽然当年我很小，但我清楚地记得祖父的疼爱。每天早晚，父母请安时都要把我抱到祖父的跟前，祖父都要抽出一段时间看我玩耍。虽然他腿脚不好，但有时抱我坐在他的膝上，和我说一些我听不懂的话，我并不知道他说了些什么，只感受到眼前这个老人对我有着浓浓的爱意。

再也见不到那个疼爱我们的慈祥老人了

祖父思想开明，接受新生事物快。民国时，他较早地剪掉了辫子，不穿长袍马褂，改穿新式服装。中华人民共和国刚成立时，祖父将部分王府开放为公众活动场所，银安殿院内曾经表演过《赤月河》等话剧，很多人到王府里观看演出，我们也跑去凑热闹。记得在演出过程中，还有人从王府外面砸进很多大砖头破坏演出。刚一解放，祖父就废除了王府里沿袭多年的请安制，他告诉家人"以后不用请安了，互相之间叫同志吧"。我们以后真的不再请安了，但称呼没有改变，我们和家人之间并没有就此称"同志"，祖父还叫爷爷，父亲还叫爸爸。祖父有其思想开明的一面，但同时，祖父也有为人刻板、墨守成规的一面，比如，七祖父载涛到家中拜访，如果提前没有约好，即便是亲弟弟，到中午 12 点也要请他回去，不留吃饭。

虽说祖父比较开明，但他讳疾忌医，始终不相信西医，甚至对中医也不相信。他认为人的生死都由天注定，晚年患病时，他严格遵守大夫指定的服药时间，等吃药时间到了，便叫身边的人，按照大夫的嘱咐把他该吃的药按量倒掉一格到痰桶里，就算是自己吃过药了。他患有糖尿病，理应忌食甜食，但他不管医生的嘱咐仍然吃甜食如故，最后耽误了治疗，终因糖尿病转尿毒症。

1951年2月3日，祖父在家中去世，终年六十八岁。我当时还小，并不知道死亡的真正含义，在以后的生活中才慢慢知道，祖父去世了，就是我再也见不到那个疼爱我们的慈祥老人了。

（《作家文摘》2016年总第1933期，摘自《名人传记》2016年第1期）

晚年叶公超

·丘彦明·

老友张大千

叶公超先生生前十分疼爱我。每回我去他办公室，他一定送我到门口，我总说："您别出来，您别出来。"他嘴里答应着，脚步却不停。到门口，他一边握着我的手说再见，一边叮咛着："上午我总在办公室，11点离开，不必打电话，你随时来。"

1981年10月初，公超先生的秘书黄连香小姐打电话给我："彦明，我们现在在荣总四十五病房第九室。叶先生问你什么时候来？""十分钟可以到。"我说。

走进病房，公超先生坐在窗边的椅子上，神采奕奕，一脸的快活。原来他的老友张大千先生住在隔壁病房，早上过来聊天，谈今忆往。大千先生说："我最爱吃，现在嘛，太太、护士、孩子、秘书组成'四人帮'限制我。"说罢，自己哈哈大笑，然后讲定待公超先生出院，亲自下厨做一桌菜，在家里请公超先生品尝他的手艺，比之四五十年前如何。大千先生又说自己劳碌命，手抖得厉害，但奇怪的是一握毛笔就定如泰山。他说，要再作一幅荷花送公超先生。

那天早晨他兴致真好，除了说他和大千先生的事外，也说自己的事——抗战时在昆明一年多，太太、女儿不做菜，都是他下厨炒菜，热天也和大千先生一样打着赤膊在厨房。他边说边带动作，神气十足地说："我可以做一桌酒菜。"我与连香于是吵着出院后，他得表演证明才行，他很当一回事地点头答应。

突然之间老了

没想到又过两天，连香打来电话："叶先生跌了一跤，摔断了腿骨，缝了二十一针。"

我匆忙赶到医院，他躺在床上，眉头锁得紧紧的，已不再有昔日的光彩。我第一次感觉到——他突然之间老了。

开刀以前，虽然已是七十八岁高龄，但他永远充满了一股神气。有一次我忍不住说："您还真帅呢！真漂亮的神气。"他也笑得开心。可是，这时间，我看到的却是一个惶惶恐恐的老人。

第二天，我又去了医院，他勉力地跟我说话。一句话总是头两个字大声，后几个字就没了声音，喘得厉害，还夹杂着咳嗽。我一只手紧握他的手，另一只手梳着他的头发，轻声说：

"别讲了，休息好不好？"他倔强地摇头，非要说，也只有任着他了。

说了半小时的话，他毕竟是撑不住了，终于自己愿意休息了。睡着了，打着鼻鼾。我和连香相视一笑，鼾声是我们渴望的，毕竟他睡了，而且睡得香甜。

我住得近，每天下午 3 点钟，我总是准时出现在四十五病房第九室。公超先生精神好时，跟我说些掌故、诗词，他想得很多也很深，他是个喜欢思考的人。有时他说出一些独特的见解，怕我不懂他的意思，就问："我说的你都懂？"我顽皮地笑笑："别忘了，您是唱歌的人，我也是唱歌的人；您是属于诗的人，我也是属于诗的人。"他欣慰地笑了。开刀后，是很难见到公超先生笑的。为了逗他开心，有时连香会蹦蹦跳跳，做各种怪样，而我则拼命想笑话说给他听，就为博他一笑。

初试走路，公超先生很害怕。明明要先移动左脚，却会动成右脚；要先以手移动"Walker"（帮助走路的一种工具），他却连手也举不出去。但，他冒着汗还是强迫着自己，艰辛地学着，我在旁屏住气，望见他进步一点儿，心里就多分欣喜。一天，他练习完回来，气喘吁吁地对我说："对不起，最丑的样子都被你看到了。"公超先生一直以强人姿态出现，我明白他的悲凉情绪，摸摸他的头："不！您很勇敢。"我像看到了自己的老祖父，低下身去，在他额角上亲了一下，甜甜地笑着。

11 月 15 日，大千先生差家人送来一锅狮子头给公超先生，还附了一封大千先生亲自提毛笔写的信。白色的方瓷盘，用透明的盖子盖着；打开来，热腾腾的汤汁中四个狮子头端坐，还浮着几根翠绿的豆苗，卖相又香又美。卧床读毕书信，公超先生不言语，用劲紧闭眼睛。连香说，这些日子，上午总有老朋友来探视，他都会落泪，而以前他是不曾落泪的。

11月17日，宋美龄女士从美国差人带来了一件纯毛浅黄褐色背心及一些消化饼干，他收到后整日沉默不语。

连香和护士替他把毛背心穿在身上，司机老谢过来扶他坐上轮椅，我们四个人陪他去散步。轮椅在走廊上前进，从天井可望见蓝天，但他却不仰望，只是一直把身体往前倾，像坐在办公桌前的模样。我感觉他的思想飘到很遥远的地方，此刻的他除了形体之外，并不与我们同行。他紧抿着嘴，很落寞的表情，看来是真累了。于是连香让他上了床，却强迫他得先吃晚饭和药才能睡觉。公超先生不肯吃饭，紧闭着眼睛，连香强迫他张开嘴，他才无可奈何顺从地开口，却抗议地把食物含着不肯下咽。大伙儿不死心地直劝。这时我注意到公超先生的神情，感觉到他要发怒了，赶忙打圆场，说着、哄着，他总算比较乐意地张开了眼，吃了一些食物并吞了药，还不甘心地对我说："吃药！吃药！我自己也会做药。"这时他握握我的手，突然举起右手说："你看我没戴戒指，我和太太的戒指都存在银行。我也不留照片，照片一到我手上，我就撕掉。"说完才满意地睡去。

最后的日子

11月18日4点多，公超先生的老邻居叶时勋先生和叶太太——女作家华严女士前来探望。公超先生执着华严女士的手哭泣，眼睛仍然不肯张开。在众人扶持下他站了起来，手撑在 Walker 上，眼睛依然紧闭。闭着眼走了两步，脸颊整个松垮了下来，脸色变得极为苍白，那种死灰色是不曾见过的。这时公超先生突然喊心痛，所幸医生说可能走路时太紧张，刺激了心脏神经，不碍事的。公超先生顺从地点头，重新上床。

11 月 19 日，我带着公超先生写徐志摩的文章到医院，病房竟是锁着的。我愣在门口，正巧连香走过来，一见我就是一脸的泪水："早上 8 点 30 分，他坚持要自己上盥洗室如厕，后脚一软，已送入加护病房。"

我走入加护病房内，公超先生的心电图上起伏大了起来，他知道我来了。

一如既往，我默默站在他身边。只见他不妥协地紧紧抿着嘴唇，硬挺那最不能忍受的痛苦。一如既往，我又是等到该上班的最后时限才离开。

11 月 20 日，上午 9 时叶先生"走"了。

木然走出荣总中正楼，终于泪水奔流而出，我大哭失声。

（《作家文摘》2017 年总第 2053 期，摘自《人情之美》，丘彦明著，中信出版社 2017 年 5 月出版）

胡蝶战时在香港

·［日］和久田幸助·

和久田幸助是日本的广东语专家，战时被征服役，编入香港占领军，在报道部任"艺能班"班长。曾负责战时的香港剧艺工作，故与影星伶人有所接触，因有袒护中国人的嫌疑曾遭日本宪兵队拘捕。本文即回忆其与胡蝶交往的经过。

胡蝶托我买口红

胡蝶当时住在九龙塘一所幽静的住宅里。同住的有她的母亲、丈夫和两个孩子。因为她是广东人，我又懂广东话，所以常常通电话。有一次她在电话中托我一件事。

"有件事麻烦你，等你下次来舍下的时候，请替我买些唇膏好不好？你知道，我一向是不出街的。"

　　她所说"我一向不出街"云云，含有不高兴日本人的意思。因为无论是广州或是香港，在日军占领的都市，各街角都堆起沙袋，由宪兵站岗放哨。中国人通过步哨之前必须深躬敬礼，如果步哨看着不顺眼，还要搜身检查。单是这一件事，就强烈地损伤了中国人的尊严。

　　胡蝶有两部轿车，也都被日军征用了，这本是大为愤慨的事情，可是她却笑着说："因为是在战时，这些事只好忍耐。"有一次我去拜访她，看见一个士兵的影子从后门跑出去。我就问道："那些日本兵跑来这里干什么？"她笑着答道："是来要手表的。"我作为一个日本同胞，对此深感耻辱。

　　在快要过年的时候，一天占领军参谋长打电话给我："一位从东京来的将军，无论如何想见见有名的女明星胡蝶，要请你安排一下。"

　　当时我一方面答称，胡蝶住在九龙塘，通常完全不出街，如果请她来香港参加宴会，希望派车去接她，另一方面立刻把消息通知了胡蝶。胡蝶和往常一样自然，非常轻松地答应了。

　　当晚7点钟，在一广东酒楼为将军设了酒宴，在座的人都为一睹胡蝶的丰采而翘首盼望。可是眼看就要到8点了，仍不见胡蝶的影子。大约等到8点半的光景，胡蝶才出现了。经过修饰的胡蝶，越发显得雍容华贵，宴席立时增加了光彩，她先向参谋长和将军说了几句应酬话："到得太迟了，真抱歉。因为途中感到不舒服，休息了一下。几乎想折返原路回家去，因为已经约好了，所以还是赶来与各位见个面。对不起，只能与各位干一杯，我就得回去了。"

说完，她拿起酒杯，向在座的人逐一敬过酒，即匆忙地走了。我从背影看出来，她的身体非常紧张，等宴会完了，我就在酒楼中给胡蝶打电话。她用从来没有过的激动声调，反复地说着两句话："马上请你来一趟。有话要向你说。"

等我到了她家里，见了面她就突然对我说："照我们的约定，请让我们到重庆去。我向来以为处在战时，所有的事情，我都忍受了，可是今晚上的事，我不能忍受。我有生以来，没受过那样的侮辱。"

受辱事件

胡蝶在愤怒、哭泣和激动之下说出受辱事件，大概情况如下：

照着约好的时间，参谋长的车在6点半到了胡蝶的家，打扮好了的她，即乘该车离家而去。从九龙到香港来，必须先到油地的过海码头。当车子通过油地的日军哨岗，后面突听日本宪兵喝令停车的声音。她吓得用结结巴巴的日语、英语加上广东话解释，可是宪兵却用她听不懂的话痛骂她，命令她："站在这里！"

她被罚站的地方，在油地渡船码头的前面，时间正在人们往返最频繁的日暮时分，宪兵监视着这个盛装赴宴的女明星，四周筑起人墙围观。在这种情况下，她被罚站了一个多小时，并反复受那宪兵恶作剧的骚扰。因为受了太大的差辱，哭都哭不出来了，到此她结束了谈话。据知，在场的参谋长的司机，则始终袖手旁观。

这是万万想不到的事情，我完全与胡蝶同感，当时我对她说道："请给我一天的时间，一定要把闹事的人找出来加以惩罚。之后，如果你仍要去重庆的话，你可以完全自由行动。"

第二天上午，参谋长在电话中说："宪兵队长说，宪兵队没有这样一个人。他还说，一定是对宪兵队有恶意的人在制造谣言，他表示非常愤慨。"

在事件尚未廓清的情况下，约近正午时间，我想起应向胡蝶联络一下，于是打电话给她。可是电话铃叫了很久没有人接。我心想："难道真的已出发去重庆了吗？"

我所以想到"真的"二字，因为我对胡蝶所受的屈辱感估计得太轻了。就在当天早晨，胡蝶和全家动身去了重庆。

九龙半岛三面环海，她大概设法避过日军耳目，在某处坐了渔船，拼命挣扎逃出去的。事实上胡蝶化装成一个贫家女，有如赛珍珠在《大地》中所描写的阿兰，脱出虎口逃到重庆方面广东省政府所在地的韶关，五天之后这个消息就传遍了全世界。高兴的蒋介石，派了一架专机把她接到重庆去，并予盛大的欢迎，使之成为激动人心的新闻。

（《作家文摘》2017年总第2092期，摘自《中国戏剧大师的命运》，梅兰芳、马连良、程砚秋等著，作家出版社2006年9月出版）

我的邻居李敖

·林丽蘋口述，林恒范整理·

初相识

1975 年，位于敦化南路一段的金兰大厦竣工，我买下一间十二楼的房子，稍事装潢后，就住了进去。隔壁房子是《联合报》记者李刚的，我听说他要卖掉，就跑去找他说，卖之前一定要经过我同意，因为买的这个人，未来要做我邻居。

"那你自己选好了。"李刚很客气，回房间拿了钥匙，就交给了我。拿到钥匙后没几天，有人按我门铃。门一开，就看到一个中年男子对我微笑。他穿着白衬衫和卡其裤，剃个小平头，气质斯斯文文，站得规规矩矩。

他从手提包里掏出一张名片——政治大学研究员。

"哎！你教书的啊？教书的好。"

"那你家有什么人呢？"我接着问。

"有六十岁的妈妈，还有个小女儿。"

这就是我初遇李敖大师的第一面。

首交锋

大师搬来以前，李刚和我家两户之间的空地，有一块很大的澎湖大理石。这大理石是楼下几个管理员合送我的，他们和一些工人费了九牛二虎之力搬运上来，并按照我的意思，朝着适当的方位摆放。以后每回我出门，看着都觉得气派。

大师搬来后，有天就来敲我的门："院长，请问你，这块大理石是怎么回事？"

我愣了一下，才明白他的意思是我超过了地界。他的思维说好听点是细致，说难听点是计较。

我看着他那副摩拳擦掌、准备要吵架的样子，想着怎么回答。

"好！本人很大方，靠近你门口的一半大理石算你的，另外一半是我的。若你不喜欢，把它剖了一半丢掉也可以，任你处理。"

"有一半是我的啊？"他很惊讶。

"对啊！我拿出来就分你一半啊！"

然后我们约法三章，从今以后谁要是想拿东西到外边来，就要分对方一半。这块大理石，就好像是我们交锋的基石，它奠定了我们往后几十年相处的墨规。

过了一阵子，有天我打开门，就看到一大盆红白相间的郁金香。我故意不吭声。隔了两天，他忍不住问："哎，你有没有看见门口那盆花？"

"有啊！还不错的，郁金香啊！"

"我买的啊！"

那时台湾的郁金香很贵，因为才刚开放从荷兰进口。

"我知道，你又不会种。谢谢！"

又有一天，我打开门，看到他家门边摆了个大鞋柜，大概值二十几万。我看着鞋柜上那美丽的木纹，心想："我们定下的规范还不错。"

然后过了两天，他看我没什么表示，就跑来问我："你有没有看见我买的鞋柜啊？"

"有啊！蛮好的啊！很贵哎。"

"我想摆个鞋柜，可是你说，今后我放在门口的都要分你一份。"

"正是这样，谢啦！"我对他笑笑。

他慢慢开始和我有一些互动后，我知道他一个人在房间里面，经常没什么东西吃。有天我买了十个白馒头，就把四个放在他鞋柜上，接着按门铃。

"什么事？"他开了个门缝问。

"大师！这是很有名的'不一样馒头'，排队很久才买到的！分你四个。"

他拉开大门，拿起盘子，很惊讶地看着我。

"别惊讶，以你的才华，以你的写作能力，你是配得上这个称号的。我期许你有天成为大家的大师。"

"谢谢。"

这是我第一次当面叫他"大师"。

送书籍

大师搬来没多久的时候，有次他进到我家，就问我："你们家不看书的啊？怎么家里一本书都没有呢？"

他看向我的钢琴，更惊讶了。"你学音乐的，怎么连音乐的书都没有？"

"噢，因为我看完就丢了，不然就送人了。"

我念的是艺专的音乐系，我的书都给了小一届的一位学弟，因为他家里很艰苦，没有多余的钱买书。

"哦，"他想了一下，"那我送你一点书好不好？"

"可以啊！但给我不就是浪费吗？我又不太看。"

"摆摆也好。"

所以他就送了我《胡适选集》和《诺贝尔文学奖全集》。

过了几天，他又来我家问我："虽然是装饰，你有没有多少翻一下啊？"

"有啦！"我打开厕所门，给他看马桶水箱上的书，"坐在马桶上会看个几页，上完厕所就搁着了。"

他哭笑不得。

几年后，他又送了我《李敖大全集》。我把书摆在正对家门的柜子上，他看到了就说："这个位置太好了！"

大师搬来的头两年，经常左手拿着一本书，右手拿个水瓶，在十一楼和十二楼的楼梯间，走上来、走下去。

"你在干吗？"有天，我终于忍不住问。

"做运动，最便宜的运动。"他喘着大气，用手背擦汗。

"那干吗拿着书呢？"

我看了看书名，感觉是没什么意思的书。

"我在背书。"

不怕我？

大师搬来没多久时，有次他对我说："我是个厉害角色。"

"那自然。"我完全同意。（后来我才知道他到处和人结怨，刚刚被保释出来）

"但你怎么不怕我？"他皱起眉头。

"啊？我为什么要怕你？"

大师愣了一下。

"我又无求于你，你也无恩于我，彼此相处又很尊重，很有尺度。我不怕厉害的人，反而很愿意和厉害的人做朋友，因为厉害的人大都明事理。"

"那倒是。"

"我只怕浑的人，对那种人就是有理说不清。你厉害，而且我觉得你蛮讲理。就算偶尔做些离经叛道的事，也都还站在个'理'字上。"

"哦！"他眼睛一亮。

"再说，有没有谁说过我害人呢？"

他看着天花板，想了几秒钟。

"那倒没有哦。"

"你最擅长的就是'以证据骂人'，但我行得正，根本没有小辫子让你抓啊！哪天要是你不讲理，我就骂你，骂没有用，我也还有一招。"

"什么招？"他探身过来。

"躲你啊！把你关在门外，把我关在门内！从此老死不相往来。"

以后，每当大师遇到朋友，而我又刚好在旁边，他就会指着我，向对方介绍："这就是我最厉害的邻居，你相信吗？她不怕我耶！"

（《作家文摘》2019 年总第 2215 期，摘自《档案春秋》2019年第 2 期）

黄逸梵的生命晚景

·林方伟·

今年 1 月 26 日，笔者找到张爱玲母亲黄逸梵生前的闺密——九十四岁的邢广生。1948 年，她们曾在吉隆坡坤成女中一同教书，从同事变成了深交。

忘年闺密

黄逸梵至少来过南洋三次，1948 年从上海重返新加坡是最后一次。黄逸梵的湖南老乡、新加坡南洋女中的刘韵仙校长，将她引荐给吉隆坡坤成女中的陈玉华。由于她没学历资格，只能教手工。之前的 1947 年，邢广生也从中国随马来西亚华侨丈夫南来坤成执教。

两人结识时，邢二十三岁，黄五十一岁。"二战"的苦难消磨了黄逸梵的芳华，邢广生记得黄看起来消瘦、憔悴、苍老，吉隆坡的邻居叫她"老太婆"。她虽比实际年龄苍老，但邢认为她仍有种迷人的优雅气质，被她深深吸引："逸梵说话时轻声细语，斯文秀气。但她是外柔内刚，内心很坚强。"两人发现彼此都认识清朝名媛容龄公主后开始接近，成了忘年闺密。

黄逸梵租下旧巴生路小洋房内的一间"劏猪房"（分间单位），屋建在山坡上，的士和三轮车都不愿上去，邢得爬上高坡找她。邢记得她的家居陈设气派，展现超凡品位。黄从不对邢说家世，因此有关张爱玲、黄"二战"死去的男友，以及她的印度经历等，邢当时一概不知。唯有一次，两人看完约翰·施特劳斯的传记电影《翠堤春晓》后勾起黄留洋的回忆，首次对邢忆述在巴黎的法国律师情人。"她本来财产是一生够用，吃不完的，但在巴黎的财产在'二战'被炸光了。她害怕情人也在'二战'阵亡，不敢写信找他，宁愿让他活在她心里。"

不到一年，黄逸梵看上英国良好的福利制度，再次出走。邢试图挽留，然而黄去意已决。相隔两地，两人鱼雁往来，1953年，邢产下女儿辛婉华，黄主动要求当她干妈。邢说："她在英国生活苦得不得了，租了间寒冷的地下室住。"尽管经济拮据，黄仍托人从英国送来洋娃娃给干女儿，还从首饰上拆下米粒般大小的翡翠给她留念。邢也会寄钱和在英国找不到的中国罐头给黄。

"做父母只有责任"

邢广生提供了五封两人的书信。第一封信,是黄逸梵唯一一封亲笔信,其余都是她病重时口述,别人代笔的——

> 你很惦念我在这的生活,真是使我说不出的感激,我明知道我自己的坏皮(脾)气,怎能够忍心连累你们?你记得我给你写过一封信,劝你别想着为婉华着想就抱独身主意(义),如果有合试(适)的人和你同志,爱你的才,不是爱财,那就千万别怕人言,还是结婚的好,不要像我太自傲了。那时我是不愁经济的,决没想到今天来做工。但是王太太他们觉得做工是狠(很)失面子的,我自己可一点不是这样想。至于说爱玲的话,我是狠(很)喜欢她结了婚,又免了我一件心歉。如果说希望她负责我的生活,不要说她一时无力,就是将来我也决不要。你要知道现在是廿世纪,做父母只有责任,没有别的。将来再谈。
> ……

这封长信洋洋洒洒两千多字,比张爱玲的《我的天才梦》足足多了一千字,饱含黄逸梵传奇人生的密码。

《我的天才梦》是张爱玲十八岁读大学一年级时,在上海《西风》杂志征文比赛中获第三名的"自传体"散文。那句"生命是一袭华美的袍，爬满了虱子"为她叩开文学大门，让世人首次听到张爱玲独特的声音。母女间相互伤害的复杂关系，是张爱玲写作的一大主题。黄逸梵写给闺密的话，或许可视为她的自我辩护，以及对女儿的回应。

"及时行乐吧"

1957 年 7 月，黄逸梵就被诊断患上卵巢癌，入院动手术。邢请居住英国的学生黄兼博到医院探望黄逸梵，在病床旁为她代笔写信给邢——

> 看了婉华的小照，使我有无限的感慨，真是又喜欢又难过。我这几星期好好歹歹，有时好，有时坏，有时发烧，有时吐，晚上就肚子疼、泻，总是不停地闹。这两天稍微好一点，请你不要惦记。我这毛病大好是不会的了，医生早就告诉我了，不过就是迟早不知道，不知到底要拖到哪一天。人生就是这么回事，及时行乐吧！喜欢看电影就多看点，希望进教堂，就常去听听教，用心教导婉华，使她成个有用的人，你千万当心自己，因为婉华需要你的地方很多。

黄逸梵当初看上英国优良的福利制度而婉拒邢广生的挽留，选择离开吉隆坡到伦敦度过晚年。因这未雨绸缪，她住院"一切免费"。对个人理财，黄逸梵的确是有点远见的，要不然她不可能靠一份工来养活自己，在伦敦自住。她靠变卖家传古董作为主要的经济来源，死后还剩下五件古董偿还赊欠伦敦朋友的债务，还有一大箱被赖雅称为"宝藏"的古董留给张爱玲。

1957年10月11日，黄逸梵死于伦敦，遗物里有一张张爱玲模糊的肖像。她低着头，仿佛在想着温柔、梦幻的心事。黄逸梵最后一次回沪选了这张照片，一直带在身边。张爱玲在《对照记》里写道："大概这一张比较像她心目中的女儿。20世纪50年代末她在英国逝世，我也拿回遗物中的这张照片。"她始终认为她是让母亲失望的女儿。

（《作家文摘》2019年总第2235期，摘自《上海文学》2019年第4期）

晚年胡蝶

·刘慧琴·

认识胡蝶是 1978 年的事。那时我在温哥华的中侨互助会工作，我负责妇女组的英语学习。有一天，英语教师请假，我去代课，我注意到有一位年约五十的中年妇女，衣着、打扮颇有大家风度，在朴素中又含有一股雍容华贵的气魄，举止优雅，谈吐温婉。点名时我知道她叫"潘宝娟"。当然我也很快知道了她就是电影明星胡蝶。

洗净铅华

胡蝶住在靠近英吉利海滩的一座滨海大厦的二十五层楼，这是个一居室的套间，面积不大，但精致舒适。卧室里还摆放着她年轻时和潘有声的合影，那时，潘有声离开她已经二十多年了，但从未从她的心中隐退，她的心中永远有他的一角。客厅的一面墙上挂着她年轻时的大幅剧照。

小小的公寓却也不乏热闹，可贵之处在于胡蝶不以名人自居，她总是平等待人。她晚年交了一班过去对她可望而不可即的老姐妹，享受平常人的真情友谊。每周总有两天，她会约上这些老姐妹，用她的话说："搓搓小麻将，输赢也只是几块钱，无伤大雅。"打完麻将，每人将带来的食物和大家分享，或是一起到唐人街 AA 制吃饭。胡蝶一生辉煌，但她不善理财，从影所得都用于供养家人，虽无积蓄，却也衣食无忧。她晚年在加拿大靠着政府发放的养老金，过着怡然自得的生活。

我好几次在她家见过一位叫"阿权"的六十多岁男子，很精明能干的样子。帮她买食物杂物等，有时阿权的妻子也会跟着来，帮着打扫清洁、收拾房间。

后来知道，阿权原是胡蝶在香港居住时的司机，十几年的主仆后来成了朋友。潘有声去世后，家道中落，胡蝶遣散了所有仆人，对潘有声从福建老家带出来的阿权夫妻总有些不忍，就资助阿权在香港开了个汽车修理店。20 世纪 70 年代初，阿权的儿子带着父母移民加拿大。

人生如戏

胡蝶生活很有规律，早睡早起。天气晴朗的日子，她就会带一包爆米花和花生米下楼，在海边散步。随着她撒下的爆米花和花生米，一大群鸽子和不停跳跃的松鼠就会围在她的身边，她常说，这里的自然景色和这些可爱的小动物给她晚年的生活带来了不少满足和乐趣。

我喜欢听她的声音，听她银铃般的笑声，人们常说，听她的声音，很难想象出她已是年近八十的老人。也许是她的声音使我常常忘记了我们之间的年龄差距，于是天南地北、陈年往事、新鲜见闻，无所不谈。她很健谈，也很幽默、风趣。

胡蝶移民来加拿大之前，一直在香港、台北、东京三地居住。1966年，应著名导演李翰祥之邀去台湾，在《明月几时圆》和《塔里的女人》两片中客串母亲的角色。这是胡蝶息影前，在电影中最后的身影。尽管她盛名不衰，1975年移民加拿大后，却谢绝各种社交应酬，踏踏实实地过起一个平凡老人的生活。她常说："退出电影的舞台，但未退出生活，在人生的舞台上，我也得要演好我的角色。"她将"人生如戏，戏如人生"两者融合在一起，实在是个天生的演员。

晚年挚友

1982年8月，我和小儿子回到温哥华，和胡蝶的交往就更多了些。我周末有时约她出来一起散散步。那是一段令人怀念的日子，她像老朋友一样和我谈她的前尘往事。

有一天，她打电话给我，说朱坤芳朱大哥会来温哥华，想约我一见，我早在初识她时就知道朱大哥是她的挚友，他们的友谊可追溯到胡蝶最初成名的 20 世纪 30 年代，那时胡蝶是当红明星，朱坤芳是小场记。当朱坤芳挨导演张石川训斥时，是胡蝶替他打圆场。朱坤芳对她的暗恋和感激却直到二十年后方有机会表白。斯时，两人都已不再年轻，方方面面的考虑，使他们只保持了一份可以依托及信赖的友情。

胡蝶口中的朱大哥其实比胡蝶小，记得一次和朱坤芳一起午餐，和他握手道别时，他还说："我比胡蝶小四岁，我是能照顾她到老的。"

他们是旧相识，却是新知己。朱坤芳从经济到生活都给了胡蝶一家无微不至的关怀和照顾。他们曾一度考虑正式结婚，长期未能得到出境许可的朱坤芳的妻儿突然获得出境许可，很快办好了去港团聚的手续。历经生活沧桑的胡蝶却很果断，她对朱坤芳说："让我们保持挚友的友谊，做一辈子的好朋友。"她这样说，也是这样做的。

1983 年秋，朱坤芳赴西雅图洽谈商务，不幸突发心脏病去世，胡蝶被电话告知，晚年挚友的突然离世夺去了她生活中最后的依赖和欢乐。她说："由于各种原因，我不能亲去送他最后一程。"因为早年拍摄电影不能按时如厕，胡蝶留下了尿道炎后遗症，严重时要住医院治疗，当时日本有种特效药，朱坤芳都定时给胡蝶寄送。后来，朱坤芳的妻子仍然将朱坤芳准备要带给胡蝶的药物寄送给胡蝶。胡蝶的理智分手，朱妻的谅解包容，为这段旷世真挚的友情画上了完满的句号。

当年在我撰写回忆录时，胡蝶说："和朱大哥这段情固然刻骨铭心，但有关人还在世，不要伤人，就不要写了。"他们这段友情深深地感动了我，如今，有关人等均已离世，是时候将他们这段真挚而又深沉升华的友情公之于世了。

（《作家文摘》2019 年总第 2242 期，摘自《传记文学》2019 年第 6 期）

我的母亲俞大缜

·彭鸿远·

名门之后

我的外公俞明颐有两位兄长和一位姐姐。长兄俞明震、次兄俞明观、姐姐俞明诗。有的文章说曾广珊（曾国藩的孙女，曾纪鸿的女儿）是俞明震的夫人，这是不对的，曾广珊是俞明颐的夫人，我的外婆。

我的外公和外婆共有十四个子女，我的母亲俞大缜大排行里行六。外公的姐姐俞明诗是陈三立（散原老人）的夫人，现在常被人提起的陈寅恪是散原老人的儿子，在陈家他排行第六，我们称他为陈六表舅。他的妹妹陈新午和我的四舅俞大维结婚，他们是嫡亲姑表。我的四舅俞大维早年在德国留学时，曾与一外籍女子生有一子，名俞扬和，他在抗日战争期间曾作为空军驾驶员，与日本人作战，后来移居美国。20 世纪 60 年代，蒋经国的女儿蒋孝章赴美留学，蒋经国委托俞扬和照顾他的女儿。后来他们在美国结婚。

曾国藩共有五兄弟，其他兄弟的后代和俞家也有不少来往。我的七姨妈俞大絪和曾昭抡结婚，曾昭抡是我母亲的妹夫，是曾国藩弟弟曾国璜的曾孙。《文汇报》的一篇文章中说："她（指俞大缜）的姐夫是曾国藩的曾孙。"这是不对的。

我是于 1944 年到抗战胜利这段时期在重庆见到外婆曾广珊的。当时我已经十一岁了，记得很清楚。外婆是个沉默寡言的人。外婆的诗写得很好，后来我母亲在北平把外婆的《诗钞》请人誊写并影印，是为《鬘华仙馆诗钞》。当时有一首诗《秋兴》我记得很清楚，诗中有句"书断故园劳想象"，是指外婆的姑母曾纪芬（曾国藩的小女儿），当时在上海居住，音信不通而思念。

母亲和我

我的母亲和父亲彭基相在 20 世纪 30 年代就已分开了，那时我只有两岁多，父母离异后，起初我和哥哥是和母亲生活在一起的。那时我的外公和外婆住在上海，他们想把我母亲和两个孩子接到家去住。母亲考虑到她的兄弟姐妹很多，如果她带着孩子回娘家住，别的兄弟姐妹会怎么看呢？而且她认为自己应该独立，不能靠父母。

1935 年，母亲决定到英国牛津大学深造。她打算把我们兄妹二人寄放在八舅俞大纲家中，父亲不同意。于是，我们回到父亲家中。我的记忆是从与父亲一起住时才开始的。

父亲在四十岁时病故，我们在沦陷区的生活更加困难。那时母亲已在英国牛津大学学习完毕，直接去了后方重庆。她和妹妹俞大纲在重庆中央大学外文系任教，当时中大的学生称她们为大俞先生和小俞先生。

1944 年年初我们到达了重庆，看见了阔别多年的母亲，我一点也记不得母亲的模样了。我们称呼母亲为"娘"，娘看见我们风尘仆仆的样子，哭了起来。我的母亲是怎样一个人呢？表面上她性格比较温和，甚至有点懦弱，碰到一些不顺心的事就会哭。但她的内心还是很刚强的。

1945 年 8 月 15 日，日本宣布投降的那天，我正好在南溪李庄我的小姨俞大綵（傅斯年夫人）家里。这年暑假我随小姨和她的儿子傅仁轨（小名捷克）从重庆的朝天门码头乘船至宜宾，到李庄去度假。小姨是一位严厉但心地善良的人，她每天早晨都要给我和捷克上英文课。捷克比我小两岁（当时我十二岁，他只有十岁），小孩年纪小贪玩，有时捷克背不出英文单词，小姨就要用尺子打他的手心。小姨特别同情我的母亲，母亲一个人工作，还要抚养我和哥哥。

抗日战争胜利后，很多人都争取早日回到南京、上海、北平等大城市。那时四舅俞大维已由抗战时期担任的兵工署长提升为交通部部长，他们一家带着外婆很快就去南京了。母亲不愿意托人（走后门），所以我们很难买到飞机票。直到 1946 年

9月，我们才靠排队拿到飞机票。这时母亲收到四所大学的聘书：中央大学、北京大学、山东大学和浙江大学。我和哥哥都愿意回到北平，所以母亲决定接受北京大学的聘请。1946年10月，我们回到北平。那时北京大学已经在中老胡同32号院给我们留了宿舍。

一生独立

1955年前后，母亲因病提前退休。退休后她参加了《泰戈尔作品集》和《萧伯纳戏剧集》等的翻译工作，虽然不能去上课了，但她还不断在做笔译工作。1963年，母亲突发脑栓塞，半身不遂，那年她只有五十九岁。

母亲除了英国文学的教学工作外，她很喜欢古典文学、京剧、昆曲。在重庆中央大学时，艺术系的老师们，如徐悲鸿、吴作人和母亲来往很多。母亲曾说："吴作人吹笛子还是我教他的，但现在他吹得比我好。"那时我们住在郊区沙坪坝，每次进城去看外婆时，母亲常带我去看京剧。后来回到北京，我也越来越喜欢听京剧了，有时我也主动买票请母亲看京剧。母亲开玩笑说："原来是我买票求你陪我一起去看戏，现在反倒是你买票请我了。"

母亲也许是在英国留学受了西方文化影响，一生都很有独立性，所以等我大学毕业开始工作时，她就提出：你一定要独立，不能再住在家里了。

母亲晚年糖尿病很严重，这是俞家的家族病史。当时母亲的公费医疗关系已转到附近，每周都有医生到家里来为她看病、开药。母亲对晚年能够有国家发的退休金，还有公费医疗，颇为感慨。一方面她对我们国家对退休老人的政策很是满意，另一方面又对我说："我当年没有去你外公、外婆家，而是自己奋斗，独立生活，到现在才有可能享受国家的各种待遇。"

（《作家文摘》2019 年总第 2272 期，摘自《老北大宿舍纪事（1946—1952）：中老胡同三十二号》，江丕栋、陈莹、闻立欣等编著，北京大学出版社 2019 年 1 月出版）

梅葆玖：清香传得天心在

·徐淳·

"孩子是不是要看电视啊？"

小学五年级的暑假，我住在爷爷家，每天晚上都要准时看两集电视连续剧，很上瘾。那天下午玖大大来了，爷爷给他说《太真外传》这出戏，我在旁边玩儿。等吃完晚饭，他还不走，和爷爷在客厅里继续说戏、聊戏，眼看着电视连续剧播出的时间就要到了。我想跟爷爷说开电视，但又不敢。

我沮丧地坐在客厅里，看着爷爷和玖大大谈笑风生，爷爷还时不时给玖大大做示范动作，我心里真撺火！这时，玖大大突然指着我对爷爷说："二叔，孩子是不是要看电视啊？您就让他看吧，咱们说咱们的，他看他的，不碍事的。"我不好意思地缩了缩脖，眼泪在眼圈里直打转，一肚子的委屈啊！爷爷客气地说："没事，他不看。淳，听话，去帮奶奶干活去。"玖大大笑着对爷爷说："二叔，孩子想看电视，您就让他看吧……"

那晚我最终看没看上那集电视剧，那部电视剧的名字是什么，我早已记不清了，可时间愈久，玖大大的话在我心里愈清晰。他能关注孩子的情绪，能理解孩子的情感，能尊重孩子的意愿，如今想来，真是难能可贵。那个时代，在成人眼中，孩子往往被忽视，无论是自家的还是别人家的。

对梅派艺术充满敬畏

《太真外传》复排首演那天玖大大派车接爷爷、奶奶去吉祥戏院看戏，我有幸随往。

我举着冰棍儿跟着爷爷、奶奶走进了贵宾休息室。玖大大正在和一位老者聊天，见我们进去，赶忙起身向爷爷介绍身边的老者说："这位是溥杰先生。"随后又向溥杰先生介绍说："这位是帮我恢复排演这出戏的徐元珊先生。"溥杰先生给我留下了深刻的印象：满头华发，戴着一副黑框眼镜，身形瘦小，西装笔挺，皮鞋一尘不染，手里拄着一根文明棍；从头到脚尽显精致优雅，虽已耄耋，却精神矍铄，气度非凡。

戏开演后，我和奶奶坐在台下看戏，身边的位子始终空着，那是给爷爷留的。作为这出戏的复排导演，爷爷那晚一直忙前忙后，事无巨细，他都要亲自过问。他希望能最大限度地将《太真外传》这出梅派经典再度完美地呈现在观众面前。整场演出，爷爷一直在后台为玖大大把场。一出戏演下来，台上的玖大大出了一身汗，台下的爷爷捏着一把汗。

《太真外传》这出戏是梅兰芳于 1925 年夏至 1926 年春创演的。梅兰芳在 1925 年到 1933 年经常演这出戏，并留下了全面且高质量的唱片资料，但没有留下录像资料，这就为恢复排演这出戏带来了很大困难。要恢复老戏，就得倚靠老人。爷爷虽是梅兰芳剧团的当家武生，但他很有心，每次为梅兰芳唱完开场戏之后，他总是站在后台看梅先生的大轴戏。因此，晚年的梅兰芳常常请他来给求教的弟子们传艺。请爷爷担任《太真外传》等梅派经典剧目的复排导演，是玖大大对梅派艺术充满敬畏的表现。他不会因为自己是梅兰芳的儿子就随意编演。

《太真外传》是玖大大创作《大唐贵妃》的艺术蓝本。2003 年，玖大大在上海演出《大唐贵妃》，他打电话邀请奶奶去上海观演，并提出由他承担交通食宿等一切费用。奶奶婉言谢绝了。后来，奶奶跟我说："葆玖是真心请我去，他越是这样我越不能给他添麻烦。"

梅府有家宴

玖大大不仅努力传承梅兰芳的舞台艺术，还将梅家的饮食文化从历史带进了现实生活。

北京大翔凤胡同 24 号，这座三进古朴的院落有着一份难寻的清幽。这里便是汇聚了南北菜系的梅府家宴。玖大大是这家私房菜馆的创意者。

在梅府家宴就餐的客人可以尽享文化美味。三进小院分别有梅、兰、竹、菊四个厅，每个厅里精细和雅致无处不在。梅兰芳唱段的背景音乐，餐具上刻印的兰花指，陈列在展柜里的老戏装，墙上泛黄的老照片：这里俨然就是一个小型的梅兰芳艺术博物馆。这里的服务人员有迎接客人、讲解梅派文化的管家，有热情周到、让人备感亲切的梅嫂。客人们用餐后会收到一份特殊的纪念品——一张用毛笔手书在红色洒金笺上的餐单。

过去，京剧界的好角儿都爱吃，会吃，讲究吃，梅兰芳也不例外。曾祖父徐兰沅不仅胡琴拉得好，平日里还做得一手好菜。当年梅兰芳一家常到徐家吃饭，都爱吃徐兰沅做的饭菜，因此梅府家宴北方菜系是以徐家菜品为主的。奶奶宋喜珠继承了徐兰沅的厨艺，被玖大大聘为梅府家宴的顾问。有时奶奶会到梅府家宴对厨师们进行现场指导，偶尔，玖大大也会带着厨师们到奶奶家登门求艺。

玖大大去世后，梅府家宴的管家还来看望过奶奶，劝奶奶节哀。后来不知何故，梅府家宴关门停业了。每每想来，总觉得惋惜。

（《作家文摘》2020年总第2330期，摘自2020年4月19日《北京晚报》）

飞虎队译电员马大任的百岁人生

·赵庆庆·

"我 1920 年 2 月 22 日出生在浙江温州，当时的中国，积贫积弱，外敌入侵和内战，构成了老百姓的日常生活。"在飞虎队员美国达拉斯市团聚会上，当年的飞虎队译电员马大任向笔者娓娓讲述起那段难忘的岁月——

"于公于私，我都要报仇"

温州马家是名门望族，以书香门第和艺术传统而闻名。马大任的父亲马公愚、伯父马孟容都是书画家，两人早年就读于杭州的洋学堂，分别主修英语和数学。1937 年全面抗战爆发时，马大任在省立上海中学读高二。率领八百壮士死守四行仓库的谢晋元团长曾是马大任上学时的军训官，其殉国后，马大任的父亲为他撰写了碑文。

1939 年，马大任随着难民流落到战时陪都重庆后，考入免收学费的国立中央大学。"当时，日机正对中国狂轰滥炸，一天，27 架日机轰炸了学校和周边地区，一颗燃烧弹落在我的宿舍，烧坏了我的蚊帐。校园里蚊虫肆虐，没有蚊帐根本无法入睡。"悲愤之中，马大任立下书生报国的誓言。

1941 年，飞虎队援华抗日，以制伏在中国领空肆无忌惮的日寇飞机。飞虎队有一百名美国飞行员和约两百名地勤人员，急需翻译，但中国空军翻译人手紧缺。为防止日本人渗透，又不能公开招考，于是，号召中国五所最好大学的外文系学生自愿来服务飞虎队，服务期一年，之后仍可回原校读书。马大任觉得这是书生报国的良机，"于公于私，我都要报仇。"他和一批通晓英语的热血青年，来到飞虎队所在地昆明接受培训。

"老头儿"陈纳德

三个月后，马大任被分配到飞虎队总部，在陈纳德上校办公室担任译电员。

威名赫赫的飞虎队总部，其实只是昆明机场里的一座小楼，有四个房间——陈纳德的办公室、副队长室、会客室和译电室。陈纳德配有英文秘书，中文秘书兼翻译长是舒伯炎上校。译电室共有八个译电员，两人一组，每组六小时，通宵达旦，把来往电报解码或译成密码。密码很简单，两个数字代表一个字母。比如，"45216876345698245532"代表"日本人来了"（Japs coming），其中，45代表J，21代表a，68代表p，76代表s，等等；密码本三月一换。

马大任负责保管陈纳德的密码本，将文件从明码翻为密码，或从密码翻成明码。当时，飞虎队在缅甸北部和华西有几个分站，部分飞行员和飞机驻扎在分站。陈纳德发出的电报主要是给分站，他收到的电报包括中国空军司令周至柔将军的指令，也有宋美龄关心陈纳德和飞虎队的函件。

陈纳德来上班时，就把车停在小楼外。他的中国司机全天待命。在马大任眼里，陈纳德是一位深孚众望的将领，被年轻的飞虎队员亲切地称作"老头儿"。他非常和气，从不对马大任他们这些文职小伙子大声说话。"除了擅长飞行外，陈对日机性能了如指掌，教飞行员如何克敌存己，使飞虎队成为'二战'中成绩最好的空军部队。"从1941年12月20日在昆明首次升空作战到1942年7月4日解散，在短短七个多月的时间里，只有不到一百架战机的飞虎队，常在日机几倍甚至十几倍于己的情况下搏击长空，共击落日机二百九十九架、炸毁日机三百架。

1943年3月，飞虎队并入美国陆军第十四航空队，总部从昆明移至重庆，陈纳德继任指挥官。因第十四航空队有自己的密码和译电员，马大任也恰好服务期满，便依依不舍地告别了飞虎队，回到中央大学继续读书。

第一个给他寄圣诞贺卡的人是陈香梅

　　1948 年后，马大任相继入读威斯康星大学新闻学院（系该学院首名中国研究生）、哥伦比亚大学，成为新闻学硕士和图书馆学硕士。工作后，马大任除出任荷兰莱登大学汉学院图书馆馆长和纽约公共图书馆中文负责人外，还在著名的斯坦福大学胡佛研究院担任东亚图书馆馆长。在此期间，马大任促成了一件大事。

　　一天，老战友、飞虎队翻译长舒伯炎上校途经旧金山。交谈中，马大任得知舒伯炎早年即认识陈香梅，便托他写信给陈香梅，告知希望她同意把陈纳德的私人档案保存在胡佛研究院。

　　不久，陈香梅回信称非常抱歉，陈纳德的档案已有两个机构提出保存：一个是大名鼎鼎的西点军校，另一个是国家档案馆，胡佛研究院迟了一步。

　　马大任没有放弃，马上回复陈香梅并历陈自己的理由：作为陈纳德的译电员，陈许多信件经他之手，陈的档案也是他马大任的档案，他一定会好好保管；而作为陈纳德的夫人，陈香梅有责任为丈夫在历史上正名——在援华抗日期间，任中国战区参谋长等要职、负责分配美国援华物资的史迪威将军往往掣肘陈纳德，不愿给飞虎队急需的补给，使陈纳德无法有效对日空战；史迪威的档案就在胡佛研究院，名记者西奥多·怀特还依其档案出版了畅销书《史迪威文件》，而书中所写对陈纳德很不利。为使后人对陈纳德有正确的了解，马大任建议陈香梅将陈纳德的档案交给他，放在史迪威的档案旁边，让读者同时了解史、陈两人的观点。这不仅是替陈纳德正名，也是对历史的重要贡献。

陈香梅收到马大任的信后不久，即乘坐航班亲自将陈纳德的全部档案送交胡佛研究院。此后，每年第一个寄圣诞卡给马大任的人，就是陈香梅。

马大任虽在美居住奋斗多年，却依然怀揣一颗滚烫的赤子之心。除著书立说外，他非常关心中国对外籍图书的需要，在八十五岁那年，提出"赠书中国计划"，至今共向国内数十所高校赠送图书三十多万册。

（《作家文摘》2020年总第2304期，摘自《名人传记》2020年第1期）

上海"爱神花园"里的秘密

·宋路霞，王逸·

上海作家协会所在的巨鹿路 675 号，原先是著名实业家刘吉生（1889—1962 年）的旧居，是上海顶级的花园洋房之一。因花园中耸立着一尊美丽的大理石女神雕像，又因此楼是刘吉生送给夫人陈定真的四十岁生日礼物，于是有了"爱神花园"之誉。最近，笔者访问了住在美国新泽西州的刘吉生先生的小女儿、1930 年出生在这所花园中的刘莲华，方知"爱神花园"名不虚传，确有感天动地的大爱在焉。

魏德迈将军临终半年前的一封信

1989 年 12 月，为了纪念老太爷刘吉生一百岁冥诞，刘家后人从世界各地会聚美国加州棕榈泉，还请来一位刘家世交的老朋友——克罗斯特曼先生，他曾是美军上校，参加过"二战"，战后在上海服役，并在"爱神花园"里举行了婚礼。克罗斯特曼见了刘家人格外亲切，时不时要跟孩子们聊聊当年在上海的陈年往事。

也就在这一年，克罗斯特曼给刘家带来了一个意外的惊喜——当年美军驻华总司令、年届九十二岁的魏德迈将军的一封信。信中对刘吉生在抗战期间组织人营救迫降在敌占区的美军飞行员的善举，给予高度的评价。他特别指出："由于工作性质的关系，他所做的贡献不为人们所知，也得不到别人的赞赏。"他特别关照克罗斯特曼上校：刘吉生先生在抗战期间的贡献，他的后代肯定不知道，这一次，一定要让他们知道。

魏德迈将军的这封信是写给克罗斯特曼的，时间是 1989 年 5 月 8 日，而刘家在美国加州的纪念活动是在这年的 12 月。当刘家人看到这封信的时候，魏德迈的生命正在走向终点。

抗战胜利时，魏德迈与克罗斯特曼都在上海，一个是美军驻华总司令，另一个当时还是少尉。然而由于一个非常特殊的机会，他们在刘家相识，并成了好朋友，保持了几十年的友谊。

为了使刘家后代能读懂这封信，克罗斯德曼上校亲撰一篇长文，介绍了 1942 年美国空军轰炸东京的"杜立德行动"，以及随后发生在中国的惊心动魄的大救援。

"东京上空三十秒"及生死救助

执行轰炸东京秘密行动的机组领队，是美国家喻户晓的空军英雄杜立德中校。他率领 16 架 B-25 轰炸机（共八十名飞行人员），从停泊在太平洋上的航空母舰"大黄蜂号"上起飞，轰炸东京及其他四个日本城市的军事目标。按照原定计划，他们将在距离日本本土四百海里的地方起飞，在 1942 年 4 月 18 日夜间轰炸东京，完成轰炸任务后，于次日清晨飞抵中国浙江衢州机场降落。

可是没想到，"大黄蜂号"航空母舰在驶达距离日本八百海里的地方，遭遇了三艘日本巡逻舰，激烈交火中，一艘日舰被击沉。为防止原定意图被暴露，杜立德机组毅然提前十个小时起飞，于 4 月 18 日白天轰炸了东京及横滨等城市。那天东京天气很好，阳光普照，杜立德机组超低空飞行，以十五至二十英尺的高度，几乎是贴着浪头进入了日本，躲过了日军的雷达监视，成功地完成了对所有预定目标的轰炸。日本对美军的这一突袭毫无防备，机场、炼油厂、军火库等，顿时一片火海。

然而，当八十名美军飞行员完成任务飞向中国的时候，却遭遇了暴风雨，机上燃油已经不多，且又处于夜间逆风飞行，地形不熟，更增加了困难，全靠仪表指示方向。其中一架飞机飞到了海参崴迫降，机上五人被苏联军方扣留。其余十五架飞机到达浙江上空时，却找不到降落的机场，因地面没有任何灯塔或协助降落的灯光，只好黑夜中弃机跳伞。

原来，浙江衢州机场确实接到过命令，在 4 月 19 日清晨接应轰炸东京归来的美军战机。或许是通信失灵，4 月 18 日深夜，衢州机场没有接到提前开放机场的命令，根本不知道美军已经提前行动。这下惨了，降落在浙江、安徽、江西等地的美军飞行员，其中一人牺牲，两人失踪，八人被日军抓获。其余六十四人被中国老百姓成功救起，又经过五十多天的生死护送，历经风险，最后通过著名的驼峰航线，辗转回到美国。

1944 年，米高梅电影公司将这次行动的幸存者罗森（7 号机机长，跳伞时不幸摔断左腿）撰写的回忆录《东京上空三十秒》搬上银幕，再现了大轰炸及救援行动。

躺在烟榻上的神秘指挥者

刘吉生参与组织和赞助的，正是对这六十四名美军飞行员的大救援。他当时刚从香港回到上海不久，处在日本人的监控之下。回沪的第二天，日本宪兵就上门来叫他去"谈话"。他的妻子陈定真心想大事不好，因为日本人很容易探知刘吉生曾任西南运输公司副经理（实际上是掌管抗战中进口军火的运输），于是招呼全家老小都下楼来，向老太爷告别，她自己却忍不住倒在床上，大哭起来。谁知到了半夜，老太爷居然回来了，全家人恍如梦中。

原来跟他"谈话"的是一个日本商人，问他为什么要从香港回来，刘吉生回答说："我的家产和生意都在上海，我要照顾家产和生意，我应当回来。"日本商人表示理解，接着提出想与刘吉生合作做生意。刘吉生说，现在正在打仗，自己刚从香港回来，今后生意怎么做，还在酝酿中。那日本人对此抱着希望，就把他放回来了。

　　从这时起，刘吉生开始抽鸦片了，而且夫妻俩一起抽。用他的话来说："我抽上鸦片，日本人就会认为我是个无用的人，只会堕落。""如果有一天抗战胜利了，今天胜利，我明天就戒掉。"1945 年 8 月，日本投降了，刘吉生果真在医生的帮助下，三个月就戒掉了鸦片。

　　了解了刘吉生当时的处境，人们就不难想象，要在日本人的眼皮子底下去组织救助美军飞行员，那会冒多么大的危险！那期间，"爱神花园"里经常出入一位身份特殊的客人。此人叫蒋福田，是刘吉生早年在法国巡捕房的老同事，当时已经升任巡捕房的督察长。他的真实身份，是国民党军统潜伏在沪的情报员和联络员。刘吉生的侄子刘公诚（刘鸿生的六儿子，中共党员）从延安潜回上海，蒋福田第二天就知道了，可见此人神通广大。由于欧战中法国已经投降希特勒，所以法租界巡捕房督察长的身份就成了蒋福田的保护伞。他常到刘家来走动，并未带来什么麻烦。

　　刘莲华至今记得，只要蒋福田来了，父亲就会把孩子们赶走，他自己和蒋福田到烟榻上窃窃私语。现在想来，正是在那烟雾笼罩之下，刘吉生从蒋福田那里了解了很多真实的情况，又通过蒋福田，不动声色地辗转联络，部署了救助和运送美国飞行员的细节，直到六十四名飞行员全都归队为止。

　　为了感谢和表彰刘吉生对美国飞行员的成功救助，魏德迈将军代表美国总统杜鲁门和美国人民，于1945 年 12 月初亲自来到"爱神花园"，向刘吉生颁发了一尊特制的奖杯。这尊木制奖杯，造型如战舰上的舵，是用在珍珠港事件中被击沉的战舰上的木头雕成的，上面刻着刘吉生的名字及感谢的语句。

克罗斯特曼在回忆文章中写到这次颁奖时感慨说：

> 刘先生最大的成就，就是他始终对营救美国飞行员这件事保守秘密，甚至连他的家人都一无所知。也正是因为有他这只"看不见的手"在相助，许多美国飞行员的生命被营救，生活也得以重建。

最高规格的圣诞节

过了不久，1945 年的圣诞节到了，"爱神花园"里张灯结彩，喜气洋洋。这是抗战胜利后的第一个圣诞节。刘家原本就很洋派，两代人不是读圣约翰、中西女中，就是留过洋的，外国朋友很多，节日的大团聚自然是热闹非凡。魏德迈将军当时没有回国休假，也被请来"爱神花园"。

刘家人请克罗斯特曼少尉当圣诞老人，为他定做了圣诞老人的衣服。他非常高兴，穿戴好立马进入角色。他除了送给刘家老人一条印第安人的毛毯，还带来一百双军用袜子，袜子里面要塞满各种糖果，向孩子们散发。一个圣诞老人要分装和散发这么多东西，需要一个帮手才行，于是他临时拉夫，居然请魏德迈将军来当他的助手，这简直令大家笑翻了！而魏德迈将军高兴地站起来，跟在圣诞老人后面，亦步亦趋地拿着一堆袜子，乐呵呵地发放糖果，这大概是"爱神花园"里最高规格的一个圣诞节了。

1946 年 12 月，克罗斯特曼少尉与玛克辛小姐在上海结婚了，他们从国际礼拜堂回来后，步入了刘家为之安排的盛大婚宴。刘莲华的大姐刘莲莲担任伴娘，刘莲莲的儿子充当拿结婚戒指的小男傧相，她的一个小侄女当散花的小女傧相。可惜这时，魏德迈将军已经调离中国了，否则，很可能会请他来充当证婚人呢！

（《作家文摘》2017 年总第 2088 期，摘自《上海滩》2017 年第 10 期）

燕京大学的成都往事

·宋春丹·

1942 年 10 月 1 日，因太平洋战争爆发而被侵华日军封闭的北平燕京大学正式在成都复学。这所大学与在成都复学的另外四所教会大学（华西协和大学、金陵大学、金陵女子文理学院、齐鲁大学）一起，被称为华西坝"Big Five"（五大学），成就了类似西南联大的战时教育奇迹。

北燕南飞

1941 年 12 月 8 日，燕大被封校时，全部美籍教职员（作为战俘）及陆志韦、赵紫宸、张东荪等十余名中国师生先后被捕。司徒雷登当时出差天津，也随即被捕。学校校园被征作日军疗养院，学生们四处流散。消息传来，后方群情激愤。燕大文学院院长梅贻宝（梅贻琦之弟）在回忆录中记述，1942年2月，燕大临时校董会一致决议在后方复校，他被推举为筹备处主任。一开始，临时校董会考虑在重庆或兰州复校，举棋不定时，会集在成都的四所基督教大学联名向燕大发出了邀请。

当时教育部下发一部分战时教育经费，但远远不够。梅贻宝发起了千万基金募捐运动，将募得资金的一部分最终兑换了三万多美元。燕大董事会推举孔祥熙为校长、司徒雷登为校务长、梅贻宝为代理校长和代理校务长，学校中文名定为"成都燕京大学"。美籍教授包贵思和英国教授赖普吾也回归学校，他们在珍珠港事件时刚好回国休假而躲过一劫。

复校消息传出，身在沦陷区的燕大师生纷纷冒险穿过敌伪封锁线进入成都。今年已九十七岁的张澍智（1941年入燕大新闻系）回忆：1943年春，国民党"战干团"秘密招募流亡学生去西安受训。"战干团"招募的两个来自燕大的学员联络了她，从他们嘴里，她才得知，燕京大学已经在成都复学。当时她带着妹妹和表妹，跟七个男生搭伴悄悄离开北平。路上，他们被土匪抢劫一空，只好沿街乞讨，又碰到日本兵搜村，在机关枪下幸运逃脱。到了西安，"战干团"想留下张澍智姐妹，张澍智想起临走时母亲的嘱咐"你们一定要读到大学毕业"，坚决要去成都。到年末，成都燕大到校老生已有二百五十六人。

1942年新生入学考试在成都和重庆两地举行，报名者三千余人，远超预料。最终录取二百三十人，注册入学二百零一人。10月1日，成都燕大举行了开学典礼。12月8日是校难日，这一天也被定为燕大复校纪念日。学校操场旁贴着一副对联：

北雁南飞，此来聊作避秦计；王师北定，他日勿忘入蜀艰。

重见光明

当时的成都燕大和北平燕园有天壤之别。简易楼宿舍的楼梯只能容一人通过，踩上去吱吱作响；房间里放了一张上下铺、一张小书桌和一把椅子，就只能侧身进出了；因为玻璃昂贵，男生宿舍只有窗框，连窗纸也没有，"风雨无阻"；华美女中的两层小楼里，分布着六七间教室、一间小型礼堂、一间阅览室，包括阳台和过道在内，所有能用的空间都被改成了办公室；大米质量差，吃饭泥沙俱下；停电是家常便饭，大家对空袭警报和空中盘旋的日本飞机逐渐习以为常，谈笑依旧。

复校初期，从北平先后到达成都的原燕大教师约三十人。因为师资力量缺乏，燕大原来"夫妇不得同校供职"的不成文规定被暂时取消。与此同时还引进了诸多名家，如陈寅恪、萧公权、李方桂、吴宓、徐中舒、赵人隽、曾远荣等。燕大将这些特约教授的底薪定为四百五十元，燕大校长和教授的月薪则是三百六十元。梅贻宝后来回忆："若干知名大师的到来，非但燕大教师阵容充实可观，成都文风亦且为之一振。"

由昆明西南联大加入燕大的吴宓曾记述当时对成都燕大的印象："宓颇羡燕京师生亲洽，做事敏密，及男女交际自然之风气，为他校所不及。"

1943 年 12 月 8 日是复校一周年纪念日，晨 9 点纪念仪式准时开始。成都燕大首席副董事长张群致辞说："燕大的南迁，与中国的命运一样，经过苦难的支撑，今身重见光明。"

民主堡垒

抗战后期的燕大，很多团契已全然没有了宗教色彩，变成了年轻人切磋时事之地。有国民党的党团组织，也有共产党领导的左翼组织，还有主张不偏不倚走中间道路的团体。凡此种种，校方从不干预。

"五四"纪念会上，华西坝的绿茵场上站满了人，大家围着篝火放声高歌，高举火把，一条火龙围着华西坝游行了一圈。一些同情民主运动的外国友人在场外远远地注视。

在燕大校内，《大公报》《新民报》等民办报纸，以及美国新闻处发布的太平洋战事新闻随处可见，街上也可以买到中共在重庆出版的《新华日报》。谈抗战、论时局是师生间的家常便饭，毫无禁忌。校内墙报上，各种政治意见、学术意见均可自由发表。其中，"燕京文摘社"是一个较为激进的组织，以新闻系学生为主，经常传阅一些中共秘密文件。文摘社办的墙报政治倾向非常突出，内容多是揭露国民党政府的腐败无能。

1944 年 9 月，通过民主选举，燕大进步学生卫永清当选为校学生自治会主席，李中（李慎之）为秘书。从那时起，燕大历届学生自治会领导权都为进步学生所掌握。10 月 15 日，成都跨校际的中共秘密外围组织"民主青年协会"成立，负责人是与中共重庆办事处有联系的燕大学生王晶尧。当时，发生了警察局迫害中学生事件。在民主青年协会领导下，四川爆发学生运动。燕京大学由此被誉为成都的"民主堡垒"。

日本投降的 1945 年 8 月 15 日，成都全城沸腾。燕大"校花"许维馨穿着用白色窗帘改做的裙子，扮成自由女神。校领导告诉大家，司徒雷登已从日本监狱获得自由，要到成都来看望大家。为了迎接他，学校在校门口放了一张二三尺大的司徒雷登画像，并告诉看门的大爷，一看见这个人来就敲锣。

几天后，一片锣声响起，全校师生立刻到教学楼前集合，司徒雷登用中文对师生发表了讲话。劫后重逢，很多人热泪盈眶。在此前后，燕大师生分批回到北平复校。

（《作家文摘》2019 年总第 2290 期，摘自《中国新闻周刊》2019 年第 40 期）

李公朴之女张国男：从香港北上解放区

·张国男·

危难时刻父亲老部下挺身相助

1946年7月，父亲李公朴和闻一多伯伯相继在昆明被国民党特务暗杀。当时形势非常危险，而母亲悲恸欲绝，身体极度虚弱，我又不满十五岁，弟弟才十三岁，我们全家陷入困境。在这种特殊时刻，父亲的老部下、协助父亲创办北门书屋和北门出版社的王健毅然决定留下来照顾我们。他和我母亲张曼筠商量，决定让我们回到父亲抗战前工作生活过的上海。这年8月，他先安排我们坐运输机回沪，之后把北门书屋的工作收尾完成后也来到上海。

翌年10月，中国民主同盟因为坚持全国政治协商决议，被国民党反动派宣布为"非法团体"，勒令解散。母亲是民盟会员，受到了特务的监视。恰在此时，救国会领袖沈钧儒准备在香港恢复民盟，因此，母亲与王健商量后，决定全家转移香港。到香港后，又经王健牵线搭桥，我们和中共地下党取得了联系。

一年多后，国内形势发生根本变化。1948年4月30日，中共中央发布"五一口号"，各民主党派、人民团体、社会贤达纷纷响应。我们全家再次提出到解放区的要求并获准（1946年刚到上海时曾提出过，鉴于当时的形势组织上没有同意）。香港中共地下党负责人潘汉年和连贯决定由王健护送我们全家和另外一些进步人士的家属一起到解放区。

王健家住天津，弟、妹都是地下党员，这次去解放区，他可以利用自身的有利条件，打通从香港走海路到天津、通过封锁线再到石家庄解放区的路线，这样比从香港走海路到东北解放区时间要节省得多。护送民主人士到解放区，这通常是中共隐蔽战线秘密交通员的任务，中共交给三十二岁的王健来完成，可以看出党组织对他的应对和组织能力的信任。

母亲成重点抓捕对象

1948年10月27日，根据潘汉年和连贯的指示，王健带领我们在香港秘密登上"湖南号"货轮。同行的除我们一家三口外，还有邹韬奋的夫人沈粹缜和女儿邹嘉骊（十八岁）、萨空了的女儿苦茶（二十岁）和苦茶（十六岁）、张冲之女张潜

（十九岁）。行前，王健告诉我们，凡是不能通过天津关卡的物品，特别是文字的东西都不许带。我们分成四组，每个人都起了化名，编造了新的身份。王健反复叮嘱我们：大家是在船上萍水相逢的，可以交谈，但不要太亲热，不谈过去，不谈将来，只谈眼前。

11 月 8 日，货轮经仁川到大沽口后，在小雪天气中驶入国统区，进入老虎口。王健一早醒来，想起还没检查张潜的箱子，便立刻打开看，发现里面有一些本子上都写了真实姓名，他一本本地仔细涂掉。大家再一次检查行李，然后捆绑起来。因为大沽口上来不少生人，大概都是有任务的。

船到塘沽码头掉了个头，停泊在河中心时，警备司令部的警宪人员到了，岸上一片骚动。一个宪兵小头目命令码头工人马上撤掉走梯跳板，然后叫华人买办把乘客的名单拿出来检查。轮到我们一家三口时，宪兵让我母亲带着我和弟弟到甲板上，女宪兵开始搜我们的身和检查行李，看得非常仔细，连一张纸片都不放过。突然，他们看见我母亲箱子里有一个大的相框，里面没有照片，就把相框的夹层打开了，抽出了一张我父亲的底片，问我是谁。我一时紧张得不知怎么回答，就说我不知道，你问我母亲吧。母亲回答说是公公。又问叫什么名字，母亲说叫"李仁保"。现在想起来都后怕，因为我弟弟化名是"李仁杰"，哪有孙子的名字和祖父的名字差一个字的，像兄弟排行。幸亏底片上看不出年龄，只看见大胡子，像个老人。是我父亲标志性的长胡须，帮我们过了这个鬼门关。

下船后，王健见到了前来接头的钟先生，让他带我们一家三口和张潜回他的家。苦茶、苦茶和邹师母、嘉骊则去了天津的"裕中饭店"。在饭店里，邹师母告诉王健，女宪兵曾经问她认不认识李公朴夫人。另有一个宪兵则跟苦茶说，他是稽查处代处长，"湖南号"船上有两个重要的"奸匪"没有抓到，让他们在仁川登陆了。这其中一个"奸匪"，是指我的母亲（另一个是马叙伦）。

晚上，王健写信给香港的翁立中（萨空了化名），报告我们上岸的情况。信用的都是一些隐晦语言，并嘱咐下一批要来的人应该注意些什么。为安全起见，信中有时必须用反面的意思作暗示，还得让对方一看就懂，所以措辞是很难的。

奔向光明

11 月 21 日，华北宣布戒严令的第一天，一大早天还没亮，大家就起来忙着整理、化装。王健穿着破长衫，戴着瓜皮帽，真像一个破了产的商人，大家都说他的装化得最好。母亲戴了一顶旧式妇女的帽子，手拿一个烟袋锅子，有点不伦不类，最要命的是她走起路来完全不像一个乡下女人。王健给每个人都分了一些钱，防备万一走散了，个人可以应付一时。

火车沿津浦路行驶，到达泊镇后，我们换马车，于 11 月 28 日到达德州后，经当地党组织安排，当晚就乘上去石家庄的火车，并于次日清晨到达石家庄。这里的路灯亮亮的，没有戒严，到处是一片太平景象，我们住进了华北人民政府交际处。

第二天早晨，楚图南先生来到交际处，说他不久就去位于西柏坡的中共中央，希望王健能去民盟小组参加筹备新政协的工作。关于我们几个孩子的安排，下午交际处副处长也来找我们谈了，他建议我们去华北大学第一部政治班学习。大家都感到，新的生活开始了。

（《作家文摘》2019 年总第 2274 期，摘自《纵横》2019 年第 9 期）

我英年牺牲的两个舅舅

·贺捷生·

八十多年前，离开我外公蹇承宴出去革命的儿女，共四个：二女儿、我的母亲蹇先任，大儿子蹇先为，三女儿蹇先佛，最小的儿子蹇先超。不幸的是，我的大舅蹇先为和小舅蹇先超都牺牲了。

蹇先为：二十一岁血洒鹤峰赤树坪枇杷树台

1926年春，只有十五岁的大舅蹇先为被外公送去长沙兑泽中学读书；受到比他年长十一岁、也曾在兑泽中学读过书的溪口镇同乡张一鸣的影响，踊跃加入青年团，第二年转为共产党员。当他有了自己的信仰，抑制不住心里的激动，立刻给在慈利县里读书的二姐、我的母亲蹇先任写信，鼓励她参加革命。

接到信后，母亲也离家到长沙兑泽中学读书，大舅成了她入团入党的当然介绍人。

1927年春，组织上派大舅去湖南工人运动讲习所学习。5月21日晚，长沙发生"马日事变"，鉴于许多党团员对事变措手不及，兑泽中学党组织负责人周惕让凌晨跑回学校的大舅担任交通员，走街串巷传递情报。不想他的身份也暴露了，党组织通知他带领我母亲回乡暂避。

那时，我外公的生意做得有模有样了，回到慈利的大舅理所当然做了家里的账房先生。实际上，大舅是利用家在城关镇的特殊条件，密切联络失散的党员，积极进行组织活动；同时以帮助外公经商为名，趁外公和外婆不注意，从他们的钱柜里筹措经费。1927年10月，中共湖南省委派津市特支书记李立新夫妇来慈利恢复党组织活动，大舅一次从柜台提走一百块大洋，作为党组织活动经费交给这对夫妇。外公开的作坊和铺子毕竟是小本经营，发现上百块大洋不知去向，严厉追问大舅。大舅坦然对外公说："父亲，你从小看着自己的儿子长大，难道会相信我拿出钱去做坏事？你老人家不是天天反对苛捐杂税、盘剥压榨吗？儿子从长沙回来，做的事就是和那些人过不去。"

外公算是一个有胆有识的人，听完大舅的话，拍拍他瘦弱的肩膀说："先为啊，你做的事既然于国有益，那就大胆去做吧，爹不拦你。但是，你应该知道，做这种事是要掉脑袋的，应该处处小心，步步小心。"大舅点点头说："父亲放心，儿子会保护自己的。但我既然认定了这条路，就会走到底。"

1928年春节前后，大舅和我母亲姐弟两人不辞而别，毅然投入石门南乡年关暴动的行列，公开举起了"打土豪杀劣绅"的旗帜，声势浩大，规模遍及慈利县境。驻防常德的国民党军迅速开到了石门，逮捕杀害了十七名共产党员，制造了震惊省内外的"石门惨案"。

与此同时，国民党军还开到慈利，到处抓人杀人。大舅和我母亲不得不分开逃离县城。大舅逃到了太浮山，参加了慈利著名的共产党人袁任远等人领导的暴动队。这支队伍过了数月，遭到国民党军队反复"围剿"，只好化整为零。大舅接着到了桑鹤边界，参加了我父亲贺龙创建的红四军；我母亲则隐藏在相对平静的杉木桥镇舅舅家，继续发动群众，积蓄革命力量。

大舅参加红军后欣喜地发现，他投身革命的引路人张一鸣已出任红四军第一师党代表（1930 年 9 月牺牲），成了我父亲贺龙的左右手。大舅有文化，又有地下斗争经验，自然受到张一鸣的器重，很快被提拔为书记官。

1929 年 8 月，父亲贺龙和张一鸣率领红四军主力由桑植出发，向大庸、慈利推进。27 日，红军进驻杉木桥。在欢迎的人群中，大舅与母亲意外相逢。张一鸣在地下斗争中与我母亲多有接触，知道她是远近闻名的女才子，又是湘西难得一见的女英雄，提议把我母亲吸收到红军队伍中来。母亲立志做一个职业革命家，可以真刀真枪地同反动势力在战场上见，自然求之不得。因此，从这个时候开始，她从地方转入部队，在湘鄂边红军前敌委员会担任秘书，成了湘西的第一个女红军；红军指战员们包括我父亲贺龙在内，亲切地称她"蹇先生"。

1931 年春夏之交，已是湘鄂边红军第一纵队参谋长的大舅，调任鹤峰特委巡视员，转入地方工作。次年 6 月，国民党军对苏区发动凶猛的第四次"围剿"，川军重兵向湘鄂边进攻，鹤峰县城落入敌人手里。大舅和县苏维埃机关三十多人，向祥台转移途中不巧与一营敌军遭遇，队伍被冲散。此后，他隐蔽在一个叫曹家沟的村子里，但没几天，因叛徒出卖而被捕。次日被团防杨卓堂杀害于鹤峰赤树坪枇杷树台，时年二十一岁。

中华人民共和国成立后，大舅的遗骸被找到，迁葬于鹤峰县烈士陵园。

蹇先超：尸骨常埋中甸雪山之巅

我的小舅蹇先超与幺姨蹇先佛一块参加红军。那是 1934 年 12 月 26 日，父亲贺龙率领红二军团与萧克、任弼时和王震率领的红六军团胜利会师两个月后，第二次攻克慈利县城。父亲进城的第一件事，就是去拜访我外公蹇承宴。

当天中午，父亲在一家餐馆邀请岳丈及其家人，由萧克、任弼时、关向应和任弼时的夫人陈琮英阿姨作陪。父亲问起家中境况，外公忍不住笑道："女婿啊，先任、先为姐弟二人都跟你当了红军，丢下老四、老五两个，在家也待不住了。"意思是，我幺姨蹇先佛、小舅蹇先超也想参加红军。我父亲和几个红军将领忙不迭地点头。

嫁给我父亲贺龙五年，跟着他从血里火里走来的我母亲，听着外公又要把幺姨和小舅往红军队伍里送，忍不住躲出去哭了一场。她的大弟謇先为，此时已经牺牲两年了，连尸骨都不知道埋在哪里。母亲不晓得外公是否得到了大儿子的死讯，但听见他又把幺姨和小舅送去当红军，她太为外公感到骄傲和心痛了。

小舅謇先超只有十五岁，到了部队后，经过短期医护常识培训，被分配到红二军团医院当护士。长征出发前，为充实和加强一线部队的医护工作，他被调到卢冬生任师长的红二军团第四师野战医疗队任战地救护员。

1935 年 11 月 19 日从桑植刘家坪开始长征的红二、六军团，从某种意义上说，是一支与慈利謇家的命运休戚与共的队伍。因为这支队伍的总指挥、我的父亲贺龙，是謇家的二女婿；这支队伍的副总指挥、我的姨父萧克，是謇家的幺女婿。跟随着这支队伍跋山涉水前进的，不仅有謇家同胞三兄妹謇先任、謇先佛、謇先超，还有謇家刚出生和未面世的外孙女和外孙子——当时我作为謇家的外孙女，生下来才十八天；而我的表弟萧堡生，此时仅仅作为一个小小的胚胎，孕育在我幺姨謇先佛的肚子里。謇家加上我父亲的贺家，两家参加长征的亲人，合起来达十几口。

1936 年 4 月 25 日，红二军团以我小舅所在的红四师为先锋，从石鼓胜利渡过金沙江。接下来，就要翻越海拔 5396 米的中甸雪山了。从长江以南的湘西走来的部队，谁也没有翻越西南大雪山的经历，还以为打个冲锋，哈几口寒气，就能爬过去。想不到担负在雪中开路的红四师，在雪山上遇到了始料未及的寒冷，行进中不少官兵因为疲倦、劳累和饥寒交迫，一坐下来就被冻僵了。

我母亲背着我于 4 月 30 日翻过中甸雪山。5 月初，红二军团到达得荣县县城，先期抵达的红四师师长卢冬生向军团参谋长李达报告部队减员的情况后，专程找到我母亲，向她检讨说："先任同志，我对不起你，对不起你的弟弟。我身为师长没有尽到职责，在过雪山时全师减员一百余人。"听说红四师过雪山时减员严重，母亲心里一沉，不由颤声问卢冬生："卢师长，你就直说吧！是不是我弟弟也牺牲了？"卢冬生哽咽道："是的，先超同志虽然年纪小，但他身为战地救护员，在雪山上跑前跑后救护战友，最后因体力不支，冻死在雪山顶上。"

听到这个结果，母亲久久无语。许多年后她对我说，对于小舅的死，虽然感到痛心、内疚，心里想着将来怎么向外公交代，但她知道红军不分亲疏，必须冷静接受这一事实。她最大的遗憾是，小舅太小了，而且牺牲在红军一去不返的雪山顶上，尸骨无存，连一抔土、一块碑石都没有！

许多年后，我以父母亲背着我长征的亲身经历，为解放军出版社写了以"远去的马蹄声"为题的大型绘本文字，特意请著名画家沈尧伊先生为我小舅画了一个坟墓：在苍凉的雪山上，小舅被埋在一个突兀的雪堆里，雪堆上压着一顶红军八角帽；我父亲牵着马，我母亲用背篓背着我，在猎猎雪风中，低着头，恋恋不舍地向小舅告别。画面表达了我对小舅寨先超的深切怀念。雪堆上那顶有着红五星的八角帽，也算是他的墓碑吧。

（《作家文摘》2017 年总第 2095 期，摘自《党建》2017 年第 8 期）

国宝守护者张叔诚

·蒋馨·

张叔诚（1898—1995 年），名文孚，别名忍斋。张叔诚善于经营，是位卓有成就的实业家。自身磨炼的文物眼力，加上财力和机遇，又使他成为著名的文物收藏家、鉴赏家。

致力于文物收藏

张叔诚的父亲张翼曾任清朝工部右侍郎，是晚清时期洋务运动的重要人物，身兼总办路矿大臣、开滦煤矿督办等要职，把握着清政府京津地区的煤矿供应。因此，张家经常凭借着强大的经济实力四处搜寻各种古玩珍宝。

在这样的家庭氛围熏陶下，张叔诚自孩提时代便对文物情有独钟。后来，张叔诚的父兄去世，他便继承了他们的传统，致力于文物的收藏，成为当时的大收藏家。

张叔诚鉴赏画作真伪的原则是七分看画，三分查阅有关书籍。一般人均讲"看画"，张叔诚却讲"读画""审画"。他把画悬在屋里，端坐画前，一笔一笔地读，一画一画地审，连细枝末节都不放过。

民国初年的一天，张叔诚在琉璃厂的知名古玩收藏店——茹谷斋看到一幅石涛画的《青绿山水图》。这幅画是石涛存世画作中难得的珍品，卖家开价五千大洋，张叔诚只得回家筹钱。在出店时，一个日本人走进店来拿出五千大洋，说要买这幅画。张叔诚见状便说自己已经买下此画了，店家也说卖给了张叔诚，日本人只好拂袖而去。此后又有人不断出更高的价格想买这幅画，都被张叔诚婉言谢绝了。

当年市面上石涛画的赝品极多，那幅《青绿山水图》之所以在茹古斋挂了数日无人问津，也正是因为没有人能明辨真伪。而张叔诚之所以敢出巨资购买此画，他自己坦言：一是靠多年的藏画经验，二是以清代收藏家的诸多著作及有关文字资料为佐证。

《雪景寒林图》

有一日，重病在身的张翼将张叔诚叫到自己的病榻前对他说："我恐怕要不久于人世了，最放心不下的是家中秘藏的《雪景寒林图》，它是我冒着生命危险收藏到今天的。我死后，你一定要小心保护，绝不可轻易示人。"

《雪景寒林图》是北宋著名山水画家范宽为数不多的传世作品之一。这是一件三拼绢巨制，高193.5厘米，宽106.3厘米，真实生动地表现了秦陇山川雪后的磅礴气象。全画布置严整，笔墨浓重润泽，层次分明而浑然一体，皴擦、渲染并用，尽显山石和枯木锐枝的质感，被公认为范宽的杰作。

此画创作之后，便受到历代古玩收藏家的追捧，在明末清初时被天津著名古玩收藏大家安岐收藏，他所收藏的历代字画多为精品中的精品。在安家家道中落后，大部分书画收藏品流入皇宫内府，成为乾隆皇帝最得意的古玩收藏品，《雪景寒林图》就是其中之一，被收藏于圆明园。

1860年第二次鸦片战争中，英法联军占领了北京，圆明园惨遭焚毁，大批珍贵文物被洗劫一空，《雪景寒林图》就在此时流出宫廷。当年，不识货的英国士兵拿着这幅画在街上叫卖。十几岁的张翼正在天津旧书摊上流连，发现这名英国士兵正与一买家讨价还价，出于好奇就凑了过去。展开画轴的那一瞬，张翼当即断定这是一件稀世奇珍。于是，他不动声色地按英国士兵的要价五十块大洋，果断买下《雪景寒林图》。在民间私藏皇家藏品是要杀头的，为保险起见，张翼将此画秘藏于天津家中，绝口不再提起此事。

1981年，张叔诚毅然将此画捐给天津市艺术博物馆。

给家传国宝找到理想归宿

张翼去世后，张家家道中落，特别是在抗日战争期间，张家大部分房产、店铺等，都被侵占和掠夺走了。为了不给日本人做事，张叔诚决意闭门谢客，没有了经济来源，只能靠变卖家产度日。

有一天，张家忽然来了一个日本古玩商。此前，这个日本古玩商就盯上了张叔诚收藏的古字画，曾多次托人找到他，希望将这些字画转卖给自己，但都被张叔诚严词拒绝。

气急败坏的日本古玩商，勾结日本驻天津的官员，强行侵占了张叔诚仅剩的一处房产，并"好心"地劝导他："只要你肯卖收藏的字画，哪怕只卖一幅，房产立刻就归还给你。"

面对日本人的威逼利诱，张叔诚义正词严地回击道："我就是被饿死，也绝不会将祖先留下来的宝贝卖给日本人！"

硬是靠着这个坚强的信念，张叔诚以身家性命守护着这些藏品，直到迎来了中华人民共和国诞生。

1957年，天津市艺术博物馆筹备开馆初期，时任天津市文化局顾问、著名文物鉴赏家韩慎先为开馆征集文物，来到张叔诚家中，精心挑选出马远的《月下把杯图》、扬无咎的《墨梅图》等宋画中的稀世杰作，征集到博物馆，成为该馆初创时期的基础。

张叔诚曾说过这样一句话："对待文物，如同嫁闺女一样，给闺女找个好婆家，等于有了最好的归宿。"

历史的教训和自身的收藏经历告诉他：大部分收藏家所收藏的文物，很少能传到第二代、第三代。所珍藏的文物在他们死后，即被子孙卖出或散失。而今欣逢盛世，国泰民安，"文物由国家收藏才是永存的"。张叔诚决定将家藏的珍贵文物捐给国家。

张叔诚的捐赠品除了被誉为天津博物馆镇馆之宝的《雪景寒林图》《青绿山水图》外，还包括赵孟頫的书法代表作品《洛神赋》卷、明仇英《桃源仙境图》等，均为稀世珍品。

在器物方面，尤为值得一提的是东周时代的青铜乐器"克镈"。它是西周夷王赏给克姓的御赐品，光绪十六年（1890 年）出土于陕西岐山，光绪三十年（1904 年）张翼购于北京琉璃厂。"克镈"上刻七十九字铭文，造型颇为奇特，是研究周代政治、经济和铸铜工艺的重要文物。

（《作家文摘》2019 年总第 2297 期，摘自《世界博览》2019年第 21 期）

第二章　曾是惊鸿照影来

文坛前贤的最后素描

·张昌华·

　　我喜欢拍照，二十多年来，我为数十位前辈拍下了几百张照片。与他们的最后一次相见，已定格为我记忆中最后的素描。

　　1997 年趁北京图书博览会之便，我去拜访舒乙先生。舒乙说中国作协为九十岁以上的老会员，每人量身定做了一双北京百年老店内联升店出品的麂皮软底布鞋，巴金的那双存在他处，托我捎给巴老。回宁次日，我持舒乙的信直奔杭州西湖汪庄巴金休养地。

　　上午 9 时，巴金坐着轮椅，由工作人员从卧室推到大厅。李小林为老人整整衣衫，梳了梳头发，为我的来意做了简单的介绍后，便弯下腰为老人试穿我带来的布鞋。可是她怎么弄也穿不上，叹了口气："小了。"我挺纳闷，舒乙说是"量身定做"的，怎么会小呢？后来想想，一定是老人整日坐着，腿脚粗肿之故吧。眼前的巴金，精神挺好，面部没有什么表情，但下垂的眼袋给人一种老态。我立即捧出刚刚出版的《热血东流》（老舍、胡絜青）和《长风赞》（胡风、梅志）给巴老看。当我说出想为他与萧珊也出一本后，巴金反应很快，马上说"可以"。我建议是否可选一点萧珊的翻译作品，巴金立即说："可选《阿霞》（屠格涅夫）。"他说话时中气不足，声音低微，而且句子很短，有时用点头、摆手等肢体语言相助。令人感到不安的是，说不了两句话，他嘴角边就流口水。工作人员不时地为他擦嘴角。即令精力不济，老人仍很认真。谈到入选篇目，他提出让我们（我与彭新琪）初选，由他过目后圈定。我受命代拟了三个书名供他参考，他圈定了《探索人生》，并用粗黑墨笔写了书名。1999年元旦该书出版后，他还签名送我一本作纪念。

巴金"文革"中遭遇家破人亡，他坚挺过来；晚年长期为病所困，不为所畏，后来竟享期颐之寿。2005年10月27日，巴金长眠。

仁者寿。

"冷美人"王映霞

少女时代的王映霞，有杭州第一美女之称。我结识她时，她已年近九十，风韵已去，优雅犹存。1996年，我为她出版了《王映霞自传》。

1999年春夏之交，我与《人民日报》记者李泓冰相约到杭州去看王映霞。我们到时，王映霞正在昏睡。她身着白色镶花边的毛衣，双手伸在被外，脸色苍白，那纤纤十指虽布满皱纹，仍显得秀气雅洁，特别是一头银丝给人一种难言的沧桑感，是位"冷美人"。她唯一的女儿嘉利说，母亲在医院里住了三个礼拜，她每天用四张方凳拼在一起睡在母亲身边，老太太脾气大，一般人侍候不了。我也插话道："老太太脾气大我知道，当年为书稿事，我复信迟了两天，她写信给我说：'我用这么好的信纸给你写信，你不及时回信不脸红吗？'"我们都笑了起来。李泓冰指着嘉利身上泛白的红毛衣说："你还没有老太太穿得漂亮呢。"嘉利一笑："别人家的女儿穿旧的衣服妈妈捡过来穿，我们家是妈妈穿腻了，指着我说：'我不要了，你穿吧！'"

午饭时，嘉利把备好的软汉堡和汤一口一口地喂给母亲。那天的菜是鱼，嘉利小心翼翼地剔去鱼刺。王映霞还是吐出一根小刺，捏在手里晃了晃，样子像示威。嘉利赶忙接过来。饭喂完了，嘉利正要动筷子吃饭，老人突然"哼"了起来。

2000 年 2 月 5 日，霞落西湖。

"弥勒佛"萧乾

那次进京听梅绍武先生说萧乾先生得了心梗，住院了，我便火急火燎地赶到医院。轻轻推开病房的门，我一眼瞥见萧乾浑身乏力地斜躺在沙发上闭目养神，鼻部插着吸氧管，心脏监护仪上绿色光波在闪动。他猛睁开眼见到我，眼睛忽然一亮，露出那熟悉、慈祥的笑容，向我点点头。当时文洁若不在病室，只见桌上码着三本大部头日文工具书、胶水、剪刀和厚厚的一沓文稿。我知道，那是惜时如金的文洁若在侍奉萧乾的间隙，见缝插针为出版社赶译川端康成的《东京人》。

萧乾示意我在他身旁的沙发上坐下，未及我问候，他便以沙哑低微的声音问我最近在编什么书。我说在编一本《苏雪林自传》。他一听"苏雪林"这三个字很兴奋："我认识她，这本书值得出。"又问还忙些什么。我说许广平一百周年诞辰之际，我想为她出一套"文集"，轶文卷内收许广平致胡适、朱安等人的信，都是首次发表。萧乾说"太有价值了"，马上为我出点子，说："最好选几封有价值的信，先在大报上发表一下，引起社会关注。"他对出版业的关心，我不知说什么感谢的话才好。言谈中我忽然发现他脸色泛黄，气力渐弱，有点喘。我知道，他是累的，刚费时三年与文洁若译完"天书"《尤利西斯》，又在《收获》开《玉渊潭随笔》专栏，一刻也不消停。我说您这次生病是累的。他摇摇头："年纪大了。"

谈着谈着，文洁若捧着一盒饭进来了。寒暄后，她拿起围脖兜给萧乾围上，准备吃饭了。见状，我赶忙起身准备告辞。萧乾摇手示意，让我坐下。他从枕头底下摸出一封贴了邮票但未封口的信说："帮我寄一下。""医生不准他看书、读报、写字，他不听！"文洁若有点抱怨。我问寄给谁的。"一个四川作者出了一本《柳如是》，请萧乾写评论。"文洁若说着翻出一块包裹布看地址，怕回错了。因那地名较冷（邛崃），字迹不清楚，让我辨认。萧乾在信中说，他生病住院了，医嘱不准看书，他实在不能阅读大作，更不能为他写评论了，抱歉。但介绍了武汉一位明史专家，说可寄给他看看，一片温馨和周详。

告别时，我为萧乾、文洁若照了一张合影。这是我见萧乾的最后一面。

1999 年 2 月 11 日，人称"弥勒佛"的萧乾果真成了"佛"。

"老渔夫"戈宝权

1997 年春，范用陪同丁聪来南京签售他的新作《你写我画——文化名人肖像集》。范用向我提出要见戈宝权。

戈宝权是著名翻译家，普希金的《渔夫和金鱼的故事》就是他译的。是时，戈宝权已躺在南京富贵山旁海军某小医院里。戈夫人梁培兰女士把我们引入病室时，戈宝权正在昏睡。夫人将其唤醒。范用坐在他病床边连呼："戈先生，我是范用，我是范用！"戈宝权睁开眼睛，一脸茫然。陪同的医生说："戈先生现在有时清醒有时昏迷，没有什么意识，更不能讲话了。"不一会儿，戈宝权睁开了眼睛，紧盯着范用，他艰难地把干枯的手抬起来挥了一下。范用赶忙伸手紧握着。"清醒了！"医生说。我随身带了本《你写我画——文化名人肖像集》，内有丁聪为戈宝权绘的一幅速写，本想请戈先生签名的，见状收了起来。不料，梁培兰女士向我招招手，说："把书拿来。"她将书翻到戈宝权素描像那页，俯首在戈宝权耳边说："签个你的名字吧！"戈先生很听话，握起笔，但怎么也握不紧，费了好大力只画了一个"戈"字，梁培兰握着他的手，代签了"宝权"两个字，那一幕像刀刻一样印在我的脑海。这或许是他一生最后一个签名。

此后，我成了戈宝权家常客。大概是1999年秋，我去拜访戈宝权时，恰巧梁女士不在。他们收入不高，没请雇工，里里外外都由梁培兰张罗。戈宝权躺在床上输液，大概是怕他乱动，插管子的那只手用布带绑在床框上，看了让人真不好受。有相当长一段时日，我隔三岔五去戈府，主要是帮助梁培兰整理戈先生文稿。梁培兰后来竟将有曹靖华、戈宝权签名的1930年版《铁流》送我。

戈宝权的藏书丰富，他藏有一套九十一卷本《列夫·托尔斯泰全集》，苏联用二十多年才出齐。连北京图书馆都没有配齐，而戈宝权收有全套。1986年，他将毕生收藏的两万册图书（其中含许多珍本、善本）悉数捐给了南京图书馆。

晚年，戈宝权想回江苏。江苏省政府在南京半山园城墙边配给他一栋相当不错的房子。不料，回宁后他健康每况愈下，患了帕金森综合征。

2000年5月15日，"老渔夫"戈宝权魂归大海。

"三多先生"范用

范用，北京三联书店原总经理、人民出版社副社长。业内人士戏称他是"范老板"。1995年，我与他结成忘年交，成了他府上的常客。我发现他家书多，酒多。黄永玉送他一幅"酒仙"大画，题字是"除却借书沽酒外，更无一事扰公卿"。再一个就是朋友多，巴金、冰心、钱锺书、萧乾、叶浅予、启功、黄永玉、丁聪鉴此，我给范用起了个诨号："三多先生"。

范用是出版界业内执牛耳人物，又是我的乡贤。每每进京，只要有一丁点儿机会，我都要去范府拜谒。他方庄寓所铁栅栏门上悬着块小木牌，上书"范用"两个字，那是老友苗子手迹。早年，一按门铃，里面马上传来"来啦"的热乎乎的回应。夏时，先生是一副"短打"，汗背心，黑中装短裤，老圆口布鞋，一个"小尺码"（个矮，自谴）的小老头，轻松地摇着柄大蒲扇优哉游哉迎客，一副仙风道骨。进屋后便为来客沏茶，继之是谈天说地。临走时，他准送你到电梯口，直至电梯门关上。

不知始于何年，范用摇蒲扇的手，紧握拐杖了，步履开始蹒跚了；也不知何时，开门的是家人或保姆了。

早年我去请益，如适午餐时分，我邀先生到楼下马路对面小酒馆喝两盅，先生从不矫情，把手一挥："走吧！"自先生老伴离去，他再也不肯赏脸与我对酌了。

我见先生最后一面是 2009 年 10 月。此时先生已缠身病榻有些时日了，几近下不了床。开门的是家人，范用听说有客来访，强行下床。我们进去时，见他披着件大红格子衬衫，由卧室匆匆而出。他脸色憔悴，喘个不停，哆哆嗦嗦，一只臂膀怎么也穿不进衬衫袖子里，最后还是家人帮忙才穿上。他坚持自己扣扣子，结果扣子也扣错了位。看到他的健康如此糟糕，我们不禁一阵心酸。

寒暄数语，劝他多多保重后，旋即告别。

不想这匆匆一别，竟是永诀。一度春秋后，2010 年 9 月 14 日，范用遽归道山。

（《作家文摘》2015 年总第 1839 期，摘自《新文学史料》2015 年第 2 期）

落叶归根的凌叔华

·文洁若·

1933 年前后，丈夫萧乾还在燕京大学读书时，沈从文就曾带他到史家胡同去，介绍他认识了陈西滢、凌叔华夫妇。1935年萧乾接手编《大公报·文艺》时，凌叔华正在汉口编《武汉日报·现代文艺》，他们二人曾相互在自己编的副刊上发表对方的作品，更多的是彼此转稿，并戏称作"联号"。

抗战胜利后，1946 年和 1947 年，萧乾在上海和香港又和他们重逢，那时他们的独生女小滢已十来岁了。她还记得萧乾带她乘出租汽车到处逛，给她买袜子和冰激凌的往事。

断绝音信三十多年后，1981 年春，萧乾忽然收到凌叔华从华侨大厦写来的一封信。那时我们还住在天坛南门旁边，家里没有电话。萧乾做左肾摘结石手术后，身体尚未康复。我便前往华侨大厦找到她，将她接到寓所。

凌叔华皮肤白净，皱纹不多，一对清亮亮的眼睛透出内在的睿智。她身材适中，仪表端庄。可能是头发稀疏了，在室内也扎着一块小小的丝巾。

萧乾和凌叔华畅诉别情时，我也在场。她告诉我们，1960年春，她辞去新加坡南洋大学教职后，曾短期回大陆，到过北京和武汉。1974年她踏访敦煌回英后，写了《敦煌礼赞》。

凌叔华精神矍铄，娓娓而谈。她说，此行的目的是重访昆明，因为她的新作中有一段是以昆明为背景的，必须亲眼看看那里的景物。她对艺术的这种执着追求，使我们由衷地钦佩。

1984年秋，在中国驻伦敦大使馆举行的一次晚宴上，我们又见到了凌叔华。当时她的背已略驼，但仍显得挺硬朗。她对萧乾说："我生在北京，尽管到西方已三十几年，我的心却还留在中国。只是因为在伦敦生活相当方便，小滢一家人也都在英国定居，所以总拿不定主意回不回去。"

1989年12月初，凌叔华的女婿、英国汉学家秦乃瑞护送她回到北京，住进石景山医院，治疗腰伤。20世纪40年代萧乾旅英之际，曾教过秦乃瑞中文，这个中国名字还是他给起的。

本来在医院上上下下的精心护理以及家人的照料下，凌叔华的腰伤逐渐好转，能坐起来了。不幸到了4月，因多年前已痊愈的乳腺癌复发并转移到淋巴，从而病笃，卧床不起。从此，医院对她进行二十四小时的特殊护理。老太太的血管特别细，医院专门指定一位医术高明的小儿科护士长为她打针，以减轻痛苦。

5月15日，凌叔华在昏迷几天之后，忽然又表示想看看北海的白塔和童年住过的史家胡同旧居。医院领导和家属开了个紧急会议，经过反复考虑，决定满足老太太这个也许是最后的愿望。翌日一早，他们在面包车里准备了全套抢救设备，十位大夫陪同前往。车子是从东门开进北海公园的。时间很早，游客稀少。老太太一直躺在担架上，人们抬着担架沿着湖畔转悠，让她看那矗立在树丛上端的白塔。外孙问："看见了吗？"老太太脸上泛出笑容，说："看见了。白塔真美，湖水、小桥、亭子也美，柳树也美。"

那天，医院为凌叔华录了像。出门时太仓促，小滢忘了替妈妈扎上她心爱的彩色丝巾，想去买一条，可惜店铺尚未开张。小滢引为恨事的是未能把妈妈打扮得漂亮一些。游完北海，汽车经过灯市口大街时，小滢特地指给妈妈看，因为这也是妈妈经常念叨的地方。接着，一行人又来到凌叔华在史家胡同的旧居。凌叔华的父亲凌福彭是光绪年间的进士，与康有为同榜，授顺天府府尹。他在干面胡同买了座大宅子，有九十九间屋子，凌叔华就生在这里。相隔四十三年，这座四合院已改建成幼儿园。这里，三百个小娃娃手捧一束束鲜花，唱着歌，夹道欢迎远方来的奶奶，一片欢腾景象。凌叔华感动得不禁淌下两行热泪。

在天真烂漫的娃娃们的簇拥下，一下子勾起了凌叔华童年的美好回忆。她嘴里一遍遍地嗫嚅着自己的母亲李若兰的名字。恍惚间，又说着呓语："妈妈等着我吃饭。"她整个儿回到童年时代了。

凌叔华回石景山医院后，当天下午一言未发。然而第二天，却对她钟爱的外孙思源说了很多话。

凌叔华是十五个兄弟姐妹中的老十。她父亲一度被派到东京任职，把家眷也带了去。有一次四个哥哥姐姐在京都游瀑布时，因山洪暴发而淹死，其中就有跟她最要好的八姐。只因为八姐临出发时向她借了把木梳，她一辈子见了木梳就黯然神伤。凌叔华弥留之际，浮现在她脑海里的就是这桩往事。当然，更多的是愉快的回忆！父母怎样带她到泰山、北戴河、大连、青岛等处去避暑，海边多么凉爽。

癌症是痛苦的，幸而凌叔华始终沉浸在儿时甜美的追想里。在亲人和大夫护士的陪伴下，在外漂泊了四十二年的凌叔华安详地度过了生命最后的几天，于22日傍晚溘然长逝。小滢为妈妈换上了早就准备好的黑色绣花绸袍和披风。这是妈妈生前珍藏的料子，小滢从伦敦带了来，请人在这里缝制的。她还为妈妈戴上一顶式样别致的黑帽，并别上一枚金质饰针。

（《作家文摘》2015年总第1856期，摘自《风雨忆故人》，文洁若著，上海三联书店2011年8月出版）

晚年陈衡哲

·任尔宁口述，徐红强整理·

陈衡哲（1890—1976 年），笔名莎菲，是我国"新文化运动"早期女作家，她 1914 年赴美留学，1920 年即被蔡元培聘为北京大学教授。其先生任鸿隽是中国近现代著名思想家、教育家，我国现代科学事业的倡导者。本文为任鸿隽侄孙口述，记录了他与晚年陈衡哲的交往。

杨绛：胡适只有在陈衡哲面前才像一个乖乖听话的小弟弟

1920 年，胡适在《新青年》第 8 卷第 3 号发表了一首新诗《我们三个朋友》，就是指胡适、任鸿隽和陈衡哲。1961 年 11 月，任鸿隽去世。约三个月后，胡适也倒下了。这样"我们三个朋友"就只剩下陈衡哲，坚强地活着。

我工作以后，因抚养人为三娘母陈衡哲，在她去世前的十年里经常去上海探望她。

在三娘母家，基本上我每天早上都要骑自行车到不远的淮海路买鸡肉包子，三娘母叮嘱我说："要买三个，你吃两个，我吃一个，并且馅儿要你吃，我不吃馅儿。"她说："吃这个鸡肉包子啊，是钱锺书、杨绛他们以前把我培养起来的。他们每次来看望我，都要用干净毛巾包着热气腾腾的包子。"

钱锺书、杨绛和陈衡哲一家的关系很好。杨绛叫陈衡哲大二姐，这是江浙一带的称呼，实际上算起来杨绛应是陈衡哲的外甥媳妇。杨绛先生曾说：陈衡哲在我心目中是最尊崇的前辈。1948年，胡适由北京到上海就住在任鸿隽和陈衡哲的家里，钱锺书、杨绛去拜访胡适，五个人就在一起煮咖啡，吃包子、蟹黄饼，谈工作、论诗文，很是热闹。

我和三娘母平时饭后会有一些交谈，三娘母对我也不存在什么顾忌，什么话都和我讲，就好像把我当成了可以随心倾诉的知己。虽然她不出门，也不听广播，只是晚餐前叫保姆准时打开收音机，收听天气预报，但她自己却在思考一些东西。她对"文革"的分析确实很精辟："头脑发热的人也只能逞强一时，不可能长久地发热，这一切结束的时间也不会太久的了。"她还说，"历史总有它的规律"。

这样我们的话题就越聊越多，我就经常趁她高兴的时候，问及有关任鸿隽生前的一些情况。"哎呀！"她马上就很感慨。她说："我在人生道路上是一个十分好强的人，但是我所接触的人当中，确确实实再也找不到像你三爷爷这样完美的人了，缺点我基本上指不出来。"

三娘母是一个很挑剔的人。杨绛先生也在同我交谈中说过："胡适只有在陈衡哲面前才像一个乖乖听话的小弟弟。有次我们在一起摆谈正浓时，突然，我看见陈衡哲向胡适狠狠盯了一眼，胡适立马收起正欲讲的话题，哑语了。"胡适这个在世间所有人面前都显出一个强者形象的人，却在陈衡哲面前表现得如此顺从。

然则我三爷爷在她心里却是完美的。

孙中山：你是中国第一个女教授嘛

当我谈到孙中山的时候，三娘母就跟我讲，有两次是任鸿隽专门带她去拜会了孙中山。第一次大概是在 1920 年秋，一起到莫里哀路孙中山的住宅去。一见面，孙中山迎上来说："陈衡哲的大名我早有听闻。"因为当时陈衡哲在北大任教，孙中山就说："你是中国第一个女教授嘛。"陈衡哲就与孙中山当面寒暄了一会儿。当时任鸿隽是带着孙中山交给他的任务去的，孙有很多论著需要任为他校读。第二次大约是孙中山创办的《建设》杂志拟出版之际，来电约见，请任鸿隽在杂志上撰写文章。陈衡哲讲："我就坐在孙中山和任鸿隽对面的一个单独沙发上，他们两个人的交谈几乎是用英语进行，我是懂英语的，但是我不插嘴，因为这是他们两个人的工作。"孙中山和任鸿隽两人越谈越起劲，一直谈到晚上很晚，临走的时候任鸿隽对陈衡哲讲："我腰都立不起来了，站不起来了。"陈衡哲说："我比你更严重。"

三娘母曾回忆说："实际上在我回国之前一两年，也就是1918年到1919年，任鸿隽和孙中山经常是这样。那时孙中山在写《孙文学说》，任鸿隽就给他进行校译，还在科学、实业方面给孙中山一些建议。"

1968年的那次探亲，我看到靠近三娘母大床边的地板上堆了很大一堆书，乱七八糟的。她就告诉我是中科院上海植物研究所的造反派抄了家。我想帮她整理，她说："不用不用，就让它那样堆着吧，这种野蛮的'杰作'，中国秦朝有之，欧洲中世纪也有之。人类的文化、文明依旧未因此而却步，当这一切乱象结束后再来收拾吧。"

她突然想起有一张孙中山的画像。我一下就在一堆书刊里找到了，是一张大约有一张报纸一半大小的孙中山彩色画像。她说："你把它卷紧一点一起放到书上。"三娘母在这纷乱时刻犹能想到这张画像，可见她对孙中山先生的崇敬之情。

回想起来，实为可惜的是没有一张三娘母晚年在上海生活的照片。我曾带了相机，但三娘母以形象不好为由拒绝了，因为她当时生着病，身体很弱。

（《作家文摘》2015年总第1873期，摘自《世纪》2015年第5期）

蕙质兰心的潘素

·任凤霞·

我与潘素（1915—1992年）交往的初始，只是工作之余的聊天或电话信函；稍后，她助力我搜集他们夫妇传记素材；通过交往，她便给予我一份特殊的信任与厚待。至今仍令我难以忘怀的是先生偕女儿引我进入了不允外人进入的卧室，将其深锁珍藏了一生的日记、手稿、照片等资料取出，无介意、也无保留地供我查阅、抄写或复印。往事历历犹如昨日。

徜徉青山绿水

潘素为我国著名青绿山水画家，吉林艺术学院教授，张伯驹（1898—1982年）先生的夫人。潘素自幼聪慧，擅音律，弹得一手精妙的琵琶和古琴，且酷爱绘画。二十一岁开始正式拜师学画。在她正式学画的第四年即 1939 年，北平天津画坛出现一件人们热议的奇闻：潘素因临摹一幅古画而一举成名。

事情还得从头说起，张伯驹的藏友昧云太史家中不幸遭遇水灾，其珍爱的一幅清初大画师吴历山水画卷《雪山图》毁坏，无比痛惜。伯驹得知，将残画借来，潘素将自己关在画室里数日，临摹了两幅《雪山图》。伯驹将一幅连同残画送还与昧云太史，昧云破涕为笑。另一幅装裱后自家珍存。此画轰动一时，时有名人雅士闻讯前来欣赏并于画上题字。

潘素绘画创作进入高峰是她生命最后的十几年。此期间她的作品数量多、精品多，其作品一次次被以国礼相赠于英国首相撒切尔夫人、美国老布什总统和日本天皇裕仁等。

垂暮之年的张伯驹思念远在台北的老友张大千，难相见便生合作之念。当时正值中山书画社举办郑成功纪念画展，就由潘素绘就两幅芭蕉图，伯驹修书，托友人转给大千先生，请他任择其一加以补绘。大千先生见之大喜，将这两幅画分别做了补绘并题词。其中一幅，补以双目异色、毛色黑白相间的匍匐的波斯猫，另一幅，大千先生则补绘了背立的素装仕女图。两位画家不仅开创了海峡两岸画家携手合作的先河，也留下了传世佳作。

一代名士倾情

潘素一生最幸运之事，莫过于遇上了一代名士张伯驹。潘素祖上原为名门望族，先辈潘世恩中过前清状元，官至宰相，苏州百花行是潘氏大家族的住地。其父潘智合迁往上海后，家道始衰落，小小年纪的潘素也沦落风尘。

后遇张伯驹，两人一见钟情，1935年于苏州完婚。"青楼"女子嫁给了张伯驹，近乎潘素的一次涅槃重生。潘素最重要的受益是一步就跨进了张伯驹的"文化艺术圈"。张伯驹所交之友皆鸿儒无白丁，他为潘素宴请名流，传授法绘。张伯驹并不满足于潘素只是面对一幅幅家藏珍品，还偕她出入京沪藏友家中，遍赏名迹。此外，他将潘素带到了山川自然之间，夫妇联袂，实地写生。张伯驹一厢对潘素薰香拔擢，悉力栽培，又用最美妙的方式表达情感，他不断地赋词于她，静默的情爱和深沉的力量一以贯之。

最能见证张伯驹独钟情于潘素的是1941年他接连写给潘素的四首词，其背后是那段惊险恐怖的故事。1941年春夏之交，张伯驹突遭绑架，潘素只身赴沪营救，一连数月，毫无转机。四十五年之后，潘素讲来依然动情："有一天，他做一噩梦，梦见我死了，门口有口棺材。他不吃饭，也不喝水，别人喂他，灌他，他也一口不进。他说，爱人没有了，我也不活了。后来安排我去看他，但不让见面，让我写个条给他，伯驹见字后恢复正常。"八个月的煎熬，孤独卧病，绝食及生死未卜，张伯驹唯赋词不误，且只写给潘素一个人。她是他心里永远的牵挂。

世有蕙质兰心

令人遗憾的是，潘素的成就和品格似乎在张伯驹盛誉掩盖下很少有人去挖掘和描述。是她，或者只能是她，保全了中国历史上最后一位真名士的真性情。潘素的一生，最传奇的在开头，最为壮丽和感人的则是在和张伯驹婚后的漫长岁月，潘素懂他、支持他、帮助他更是远超人们所知所料。

潘素与张伯驹结婚时自带嫁妆丰厚，可观的程度尚不为世人所知。潘素这笔数目偌大的财务去向，张伯驹于 1950 年 10 月做了如下记载：

> 自潘素嫁我以后，我未曾给她一文钱，卢沟桥事变，我的家境已经中落。到民国三十年，我又突然遭到汪精卫伪军的绑架，这时奉养我的生母、营救我的都是潘素一人，任其劳，借款卖物把我救回。为我保存国家文物购买书画大部分都是潘素未嫁我以前的财务。例如，我为保存展子虔《游春图》免落投机商人手中贩卖国外，也是潘素卖出首饰贴补，始得了我心愿。

潘素从不看重金钱，却颇重道义和友情。"1979 年，我的一幅金碧青绿山水《锦绣江山》在北海民族文化馆展出时，国内外友人流连忘返。国外有人要买，出价六万，未卖，我要献给国家。"潘素的赤诚爱国和胸襟气度同丈夫毫无二致。

被世人称为书童或秘书、跟随张伯驹十年之久的冯统一先生曾回忆："1981年10月10日，我结婚那天，伯老潘素都去了。""我弄个车去接他们，进来之前在门口先碰到邮递员，邮递员递给我一张潘素的汇款单，我拿进去给潘素，潘素是连看都不看，就说，今天是你的好日子，这是你的。"潘素慷慨大方之性情活脱脱跃然纸上。

张伯驹一生沉浮，潘素形影相随，尤其是"文革"中，潘素陪张伯驹度过了人生中最无奈、最无助的岁月。吉林艺术学院教授英若识曾为我讲述过潘素的故事。"文革"一开始，学校有人贴潘素的大字报，为其罗织罪名，其中"江南第一美人"也列为一罪状。潘素去看大字报，面对一堆罪名，了无惧色。第二天她也贴出一张署名大字报，题目为："江南第一美人是何罪名？"文中列举了自己为毛主席生辰作画，为抗美援朝义卖作画，捐献价值连城的文物珍宝等诸般事项。此大字报一贴出，之后事烟消云散。

张伯驹先是被定位为牛鬼蛇神，被抄家、被强令退职，后来张伯驹和潘素又成了"无户口、无工作、无收入"的"三无"人员。但人总要活下去，张伯驹可以不闻不问，潘素不可以不管。这位苏州名门闺秀用自己那双拨弄琴弦、挥动画笔的纤纤玉手，去买煤、劈柴、燃炉子、买菜、烧饭等，轻活重力一应俱全，还要三天两头去跑驻地派出所，一再申请落户事宜。劳累于她还撑得住，最犯难的是求借。三十年过去了，每当想起潘素在20世纪80年代与我讲述她向人借贷时的眼神，无奈和窘迫时心里总会涌起一阵阵酸楚。潘素东挪西借，替丈夫抵挡着凄风苦雨，承受着生存重荷。

生于清末、长于民国、在中华人民共和国生活了数十载的张伯驹，到老也不改贵公子的风流气度。某年除夕当天，他去了一家花店，见有各种名葩佳卉，他喜甚，于是倾囊"买断"盆花送至家中。张伯驹是坐对佳花而守岁，潘素啼笑皆非——她用什么去置办"年货"？即使年好过，一个月柴米油盐酱醋茶的日子怎么过！

如亲人和知情者说，潘素偶尔也吵几句，张伯驹逗着呢，你不吵还耍大少爷脾气呢，动不动就我不吃了，说躺就躺地上了，何人劝说都无济于事，只有潘素出面，哄啊、劝啊，依从于他方肯罢休。夫妇俩小小摩擦的周围，满簇着相濡以沫的爱情。潘素说起这些事，依然是眼睛笑得眯成一条缝："公子哥出身，任性。"

慧心百年、素韵流芳。蕙质兰心的潘素，我读久了，感悟到她身上流溢着一种迷人的东西，那是力透纸背、深掩内蓄的华贵，是尝尽甘苦之后沉淀出的丰神和气息。

（《作家文摘》2016年总第1899期，摘自2015年12月17日《吉林日报》）

她从台北寄来花哨书信

· 叶永烈 ·

花哨的信

在我整理众多的书信时，其中有一批信件显得那么与众不同：信封上贴着五颜六色的卡通粘纸，而信往往是写在花花绿绿的卡片上，还往往夹寄最近的照片，照片背面则必有题字。这些花哨的信，是梁实秋夫人韩菁清从台湾寄给我的。信封上的粘纸纸花是她精心挑选的：要么是个《雅舍小品》的"雅"字，要么是小猫，要么是"想念"，要么是"永久的朋友"。她的很多信是随手写在小卡片背面的，卡片上往往印着这样的句子："每天都是想念的日子 / 想写的写不尽。"

她从小练过书法，临摹《三希堂石渠宝笈法帖》，字写得漂亮。梁实秋故后，墓碑上"梁实秋教授之墓"就出自她的手笔。她有很好的文学修养，会写诗填词，年轻时偷闲填《蝶恋花》《玉楼春》《浣溪沙》等，深得剧作家、诗人顾一樵的赞赏。她到香港后，为报纸写系列散文，如《梦中人》《车中人》《意中人》《途中人》等。所以如果她"认真"写书信，信就写得很不错。不过，她更喜欢从台北给我打电话，往往一打就是半小时。

初识韩菁清

我写出报告文学《梁实秋的梦》并且寄给了在台北的韩菁清。我还附了一封用繁体字写的信。信寄出之后，一年多没有回音。

1990 年元旦刚过——1 月 2 日，夜 9 时——忽然电话里响起陌生的女声："你是叶永烈先生吗？"她说，她就是韩菁清，现住在上海衡山宾馆。她问我有没有空，能否马上过来一晤。在那里的"总统房"，见到了她。她虽然已五十有九，年近花甲，但是做过多次整容手术，看上去比实际年轻。她告诉我，那篇"大作"《梁实秋的梦》早就收到，很喜欢。以为反正很快要来上海，所以就没有写回信。从 1990 年初在上海相识，至她 1994 年 8 月 10 日在台北去世，在这四年多时间里，她曾十五次从台北来到上海，每一次来沪都与我聚会。

她的父亲韩惠安是湖北的大盐商。用她的话来说，父亲买房子，不是一幢一幢买，而是一条街一条街买。她六岁时从湖北来上海。她有音乐天赋。父亲给她买了留声机，她跟着唱片唱，竟然成了歌星——她自称是"留学生"（留声机的学生）。她本名韩德荣，她嫌这名字过于男性化，自己取了个名字"韩菁清"作为艺名登台，竟以这艺名传世。

她在 1946 年的歌唱比赛中荣获上海"歌星皇后"，许多报纸登出她的报道和照片。父亲气坏了，认为豪门之女不该走歌星之路。父亲对她说，宁可每月给她一根金条作为零用，也不要她到歌舞厅去唱歌。她呢？金条照拿歌照唱！

1949 年她随父亲从上海迁往香港。在香港，她自己写电影剧本，自己导演，自己当主角，甚至自己写主题歌歌词，自任制片人。后来，她来到台北，成为台湾歌星。

愉快的 13 个春秋

梁实秋跟她第一次见面时曾用一口北京话咬文嚼字说："菁念'精'，这'菁清'多拗口？要么叫菁菁，要么叫清清，才顺口。这名字是谁取的？"

她解释说："我从《诗经》中'其叶菁菁'取了'菁菁'两个字作为艺名。不过，我很快就发现，在歌星中用'菁菁'作艺名的人有好几个，我就改成'菁清'，而且加上了姓，成了'韩菁清'，再也不会跟别人重复。"她居然读过《诗经》，这使梁实秋感到惊讶。她说，她跟梁实秋性情相投，都是幽默、开朗的人，共同愉快地生活了十三个春秋。

对于她来说，一生中最大的一件事，莫过于嫁给梁实秋。她对梁实秋的感情是真诚的。当年，梁韩之恋在台湾掀起轩然大波，梁实秋的学生们甚至成立"护师团"反对梁韩结合。反对者所反对的，就是因为韩菁清"从歌从影"，是个"歌女"，是个"戏子"！还有很多人猜测她看中梁实秋的钱。她对我说："其实我当歌星时，一个晚上的收入比'教授'一个月的收入还多得多。"她说，她把当歌星时每天的收入不断存入银行，够上"首付"，就买一套房子。就这样，她在香港、在台湾买了好几套房子。梁实秋跟她结婚之后，住的便是她的房子。她细心照料梁实秋十三年，梁实秋晚年在安定、舒畅的环境中写出那么多著作，就是她对梁实秋的奉献。

上海是我的故乡

台湾报纸称她在台北过着"隐居"生活，此言不假。每年，除了 11 月 3 日梁实秋祭日她以梁实秋夫人身份出席梁实秋文学奖颁奖仪式外，从不在社会上公开露面。她的交际圈也很小。她甚至说，在台湾没有可以说话的人。正因为这样，她移情于小猫，移情于花草。她说她的"热闹日子"在上海。她这样在信中对我说："上海是我的故乡，我爱这个地方和这个地方的人。"尽管她是湖北黄陂人，但是她在上海度过了难忘的岁月，歌星生涯也是在上海开始的。她在给我的信中说，"过过寂静的日子，也过过热闹的日子"，尽管"刚好成反比例"。不过，她毕竟是一个喜欢热闹的人，一回到台湾，她就扳着手指，计算着什么时候来上海。

1994年9月23日，台湾作家谢武彰先生给我发来一份传真，使我吃了一惊：韩菁清悄悄走了！我简直难以置信。因为1994年4月间韩菁清在上海衡山宾馆跟我握别时的话音，仿佛还在我的耳畔回响："过了盛暑之后，到上海来过中秋节。"那时，她看上去还是那么壮健。台湾报道所称韩菁清"年六十六岁"是不确切的。其实，她终年只六十三岁。

她晚年不节制饮食，发胖，血压不断升高，却不知自己患高血压症。如果她去医院诊治，决不会在六十三岁时就撒手西去。其实早在梁实秋当年写给她的情书中，就已经提及要"小娃"注意高血压病。可是，她却从不量血压。

她是个性很鲜明的人，从小就独立生活，非常要强，靠着个人奋斗，走上港台艺坛。这样的经历，逐渐导致她在生活中一切以自己为中心，形成孤傲的性格。在与我交往的那几年中，我就亲眼见到她与她本来相处不错的几位大陆亲友反目。她的一位亲友曾说："她很难与人有自始至终的友谊，叶先生是一个例外。叶先生跟她非亲非戚，她自始至终对叶先生非常尊重。"她过分要强，以致不去看病，最后因高血压中风而猝亡。

（《作家文摘》2016年总第1983期，摘自《历史的绝笔：名人书信背后的历史侧影》，叶永烈著，四川人民出版社2016年1月出版）

我眼中的夏梦

·梁波罗·

夏梦原名杨濛，出道于 1950 年，彼时我正是十三四岁的懵懂少年，情窦初开，她的出现翩若惊鸿、貌似天仙，很快成为我追逐的偶像。

中国的"奥黛丽·赫本"

1985 年 5 月，我随孙道临率领的中国电影明星代表团一行五十二人出访新加坡。返程中途经香港，在"新光戏院"连演两晚，香港的影界同人频来探班，夏梦尤为热忱，嘘寒问暖，及时帮我们解决舞台演出面临的具体困难。

当时的夏梦，已走过光辉岁月，息影后又复出监制了《投奔怒海》《似水流年》《自古英雄出少年》三部影片。该是五十开外了，除了架一副宽边玳瑁墨镜外，依旧明艳动人、仪态万方。由于当晚要准备演出，彼此匆匆小叙，陈年往事自不再提，互道珍重，相互合影留下了美好的瞬间。

2014年11月16日，上海电影博物馆举办了以"还记得年少时的梦吗？"为题的夏梦从影65周年的庆祝活动。秦怡、王文娟和我以及众多夏梦的拥趸从全国各地赶来参与其盛。当天下午场子里座无虚席，而且并非中老年观众为主体，可见这位被誉为中国的"奥黛丽·赫本"的女演员的巨大影响力。前辈秦怡率先发言说："我也是夏梦的影迷，认识夏梦很早，来往不多，但不陌生，因为我们是在一条线上的！"夏梦当天戴了一副黑框酒红色渐变镜，恬静怡然地聆听着。当主持人问她有何寄语赠予喜爱她的观众时，她言简意赅地说："希望大家支持我们中国电影吧！"并对秦怡开头发言中所说的"在同一条线上"做了灵动的呼应。

秦怡和我被安排与夏梦、其妹杨洁及夏梦的"御用"造型师共进晚餐。用餐前，夏梦精心地为我们签赠了由郭沫若题词的、厚重而精美的画册——《绝代佳人》。夏梦年轻时学过青衣，故对古装戏曲片方能驾轻就熟；她还写得一手好字，笔锋遒劲，颇具雄风，是个秀外慧中的美女兼才女，不愧为香港影坛难得的"全才"！

"见好就收嘛"

对于过往出演的角色她不愿多谈，当我重提《新寡》时，她说:"这部片子我是喜欢的,有些片子观众喜欢,我一点不喜欢——比如《王老虎抢亲》。"问她为何在事业巅峰期选择隐退,她不假思索地说:"见好就收嘛!"说着自己也笑了起来。她用词惊人的简洁,例如"是""不是""喜欢""不喜欢"之类。当我告诉她,历史居然重演:今晚所在的会所餐厅前身就是上影剧团,也就是五十二年前我接待香港代表团时,我们第一次见面的地方。她一脸茫然歉意地说:"记不得了。"但对一些往事,她却记忆真切。夏梦与坐在一侧的据说从"长城"时代就跟随她的梳头、化妆的造型师开心地聊着往事。

酒宴过半,有人匆匆赶来,称上海电视台今晚"夜线约见"栏目要请夏梦女士进行采访。她闻听直播面有难色,说自己最怕现场采访,因不善辞令,会紧张的。她当众解释道:"演戏我不紧张,讲话会!"好一副真性情,听来不似托词。我则带头鼓励她。她略显迟疑地应允了下来,提前退席,告别大家返回酒店准备去了。

望着她远去的背影,不胜慨然:美人迟暮,风华绝代!为什么长久以来,大陆乃至东南亚观众对夏梦如此情有独钟呢?不仅因为她的颜值,她的美丽,更源于她的真诚!在纸醉金迷、光怪陆离的香港浸淫了半个多世纪的夏梦,没有迷失,没有随波逐流,自她从影之日起就恪守自律的"不剪彩、不陪饭、不拍不健康的戏"的"约法三章",潜心演戏,心无旁骛。

(《作家文摘》2017年总第2002期,摘自《上海采风》2017年第1期)

我的丈夫溥杰

·唐石霞口述，惠伊深编写·

溥杰原配夫人

我满姓他他拉氏。末代皇帝爱新觉罗·溥仪的弟弟——溥杰，曾经是我的丈夫。

促成这段婚事的，是我的四姑母瑾太妃和溥杰的母亲瓜尔佳氏。当年这两位长辈的关系极好，双方家长一拍即合，立刻订了婚。那年我十七岁，溥杰十四岁，正符合那个时代"女大三，抱金砖"的吉利说法。

不过，由于我俩婚后相处时间较短，竟然很多人并不知道我是溥杰的原配。我不是非要争一个"溥杰原配夫人"的名号。只不过，此事涉及当年日本为了侵略中国而导演的一出建立伪满洲国复辟清室皇权的丑剧。当年那丑剧中的一个步骤，就是逼我与溥杰离婚，接着是令溥杰与特选的日本女子结婚，再下一步的阴谋和如意算盘是，设法让溥杰生个有日本血统的儿子。

差点成为溥仪的妃子

20 世纪 70 年代将尽的时候，由于一个特别的机遇，有朋友代为搭桥，我与溥杰又联系过一次。那时，我俩都已过了古稀之年，我坦率地说了与他结婚的既幸运又悲哀的两种感受，他并没表示反对。

为什么说与溥杰结婚是我的"幸运"呢？

这要从早年说起。我很小的时候，就被四姑母瑾太妃接进宫里。她为了排解孤独寂寞，给我开创了玩乐嬉戏的极大空间。自然而然，我成了当时也正年幼的溥仪溥杰两兄弟在宫中的玩伴，造就了我们的青梅竹马。

溥仪筹办大婚"选妃"之时，我已亭亭玉立，有几位太妃曾把目光盯住了我，溥仪对我也曾颇有好感。就在这关键时刻，四姑母瑾太妃却大唱反调，在宫内郑重其事放出风声，她用了从来也没用过的贬斥字眼，说我"生性浮躁"，不适宜做妃子侍候皇帝。

很久之后我才明白，按照四姑母的观察和她的自身体验，妃子通常难有好结果。她认为五姑母珍妃就是活生生的例子。

坊间有些传说、野史，说我和溥杰从结婚开始，就争论吵闹嫉恨成仇，没有丝毫感情。我要说，那不是真实的情况。争吵是所有夫妇都可能有的，我与溥杰也不例外，但说我们毫无感情，却是言过其实的。

溥杰对我曾倾注爱慕和支持，是我的又一幸运。这儿有两幅扇面，是为我记录这部口述历史的惠伊深保存多年的我的画作，它很能说明我和溥杰关系亲密。这两幅扇面注明的日子是我在乙丑年画的国画花卉，画上有我的"怡莹"签名和图章，还有溥杰的题字，以及他的签名和图章。这两幅扇面都是我画画他题字，是表明我们夫妻恩爱的合作精品。画中写明赠给"啸桐"和"双桐花馆主"，目的是恳请我和溥杰的老朋友及亲戚、我九姊唐梅的丈夫——画家惠孝同斧正。

溥杰帮我逃离追杀

溥杰曾着力保护我的人身安全，使我免遭日本军政恶势力毒手，那也是让我终生不会忘记的、更大的堪称幸运之事。很多人知道，我俩的爱好兴趣不同，溥杰喜欢习武、读书、书法，我喜欢写诗、绘画、跳舞。政治取向不同更使我们有时出现截然相反的立场，那是无法弥合、不能融通的。

例如，当年溥杰在日本人策划下，配合他的哥哥溥仪，紧锣密鼓准备"复辟皇室"时，溥杰曾邀我去"新京"（长春市），被我拒绝了。日本关东军头领第一次劝他娶个日本妻子时，溥杰出于正道的传统，开始时也曾拒绝了，他义正词严地反驳日本人的话说："我有太太，不能再娶。"但是后来，残酷的政治形势剧变，日本人软硬兼施。日本军界透露信息，会直接出面，武力威逼溥杰与我离婚。

这时，溥杰异常害怕，他估计我若全然不知，在家被突然闯入的不速之客硬逼离婚，按我的性格会坚决不从，肯定会招来横祸。于是，他接受了要他娶日本太太的"好意"，同时，私下却急匆匆秘密潜回家中找到我，说明紧急情势，催我迅速逃跑保命："三十六计走为上！"溥杰怕我应付日本特务追捕时发生不测，竟然塞给我一把手枪，说必要时保命自卫。

颠沛流离之路

我没有犹豫，按溥杰的意见，立即避险逃亡。我出走后，先用假名住进了北京西交民巷的六国饭店。几天后我得到消息，日本军人真的闯入我家，扑空之际，竟然可笑地逼我的弟弟在我和溥杰的"离婚"文件上替我签了字。我不敢在北京久留，连忙转赴天津，由于害怕不懂如何使用的手枪反会招惹麻烦，偷偷在行前将其扔进了城外的护城河里。

当然，换个角度看，与溥杰结婚也是我的悲哀。

我和溥杰正式结婚的时候，仍有时住在紫禁城里，那时皇室还没被彻底赶出紫禁城。我们的结婚吉日是 1924 年 1 月 12日，不过，我们没在安乐窝过上幸福日子，反而是婚后不久，我们就被赶出了皇宫，自此开始走上颠沛流离的崎岖坎坷之路。我们住过醇亲王府北府他家的宅院，也住过我们唐家，还住过张学良宅第，又住过溥仪的天津张园府第，甚至后来我流落全国各地，直至漂泊香港。溥杰则走上建立伪满洲国的邪路，投靠日本，最后在第二次世界大战之后，锒铛入狱。

我和溥杰的性格迥异、爱好不同和政治取向相反，决定了我们迟早分道扬镳的结局。

（《作家文摘》2017 年总第 2027 期，摘自《我眼中的末代皇帝：爱新觉罗·溥杰夫人口述史》，唐石霞口述，惠伊深著，北京联合出版公司 2016 年 9 月出版）

从手中书信看张爱玲

·丘彦明·

1978 年，我进入《联合报》副刊担任编辑。张爱玲与我因工作需要而通信。工作中，我们的信件永远有去有回；我离开工作后，给她去信没有回音，遂明白这就是张爱玲。尊重她的选择，留下她写的四十五封信及一些创作原稿，纪念曾经存在的一段编辑因缘。

手上的张爱玲稿件，使用每张二十五行，每行二十格的稿纸，稿纸左下方印有"张爱玲稿纸"，或印"爱玲专用"四字。这些稿纸多是报社、杂志社特意印制寄送，纸质是轻薄的航空纸，可减少邮资。

她习惯用黑墨水钢笔写稿，字娟秀略显瘦长，文字直排而写。每一字、每一标点符号分开得清清楚楚，安稳地拘束在每个小方空格里。曾有机会看见她中学时代初二与高二的创作稿件影印本，文章写在三百字的单页稿纸上，横着书写。

有趣的是，年轻时张爱玲写稿，字字充满稿纸的方格，且因字形较长，不少字明显冲出方格上下框线之外。字迹看起来老练，一点儿不像十多岁小姑娘的字，倒有六七十岁长者字的老辣。遇到错字，拿笔简单在字上打个圈算是不要，原本写的是什么清晰可见。

常说字体可看出人的性格。我不免从她写稿的字分析：年轻的张爱玲锋芒毕露，不怕出格，心思纠缠，出笔冷峻锐利不留情，凡事不隐瞒。年纪大了之后，张爱玲却改变了，小心翼翼地隐藏在属于自己的空间里，隐藏得很深，即使空间不大，还是能留出足够回转的余地。

1979 年初我去信张爱玲，为《联合报》副刊新年"梅兰竹菊"的专题约稿，接到回函：

> 四君子内兰花我只小时候见过一两次，不太有印象。竹子虽然喜欢，也只在十一二岁时游西湖见过一个竹林。最喜欢梅花，但是也已经二三十年没看见了。实在无从写起，只好交白卷了。联副"小说工作坊"的一段编者的话使我感到共鸣与激赏。想给联副写的一篇东西时在念中，还没写，目前也不合用。赶紧回信，希望还来得及找人写兰花，免得误事。

第一次约稿，就能得到这样一封复信，给我很大的鼓舞。

张爱玲不但写作态度认真，对待文章呈现在读者眼前的面貌更是在意，容不得一点儿闪失。1980 年 4 月的信是最好的证明：

> 我托宋淇先生转寄这篇《谈吃》来。我写得慢，就这么篇东西也先后写了两年。如果在节骨眼上有个错字，使人不知所云，实在像是兜心一拳。拙著《红楼梦魇》也是自校两遍，出书又有一大批新的错字，是最后一次由出版社校样的时候出的毛病。《谈吃》好在没有时间性，不忙着登，尽可以让我自校两遍，最后的清样经我校后可否请直接发排，不再校对？又，所引英文请嘱校对者第一字母不要代改大写。您不舒服的时候还要为这些琐事劳神，真抱歉。祝早日康复。

为一篇文章的呈现，不愿读者认为作者不知所云，不厌其烦地校对修改，是张爱玲将写作视为神圣的事实证明。与她书信往来八年多，每一篇稿件的刊登，都经过这样细腻的处理，从她这里，我学习到对待文字的尊重与珍爱，一辈子受益。

她信里几次提及时局，为之沉重、焦虑。我细想：她的小说写儿女私情，但发生在大时代里，关怀政治正是她的真性情。因她亲身经历过抗日战争、国共内战，深切体会到个人在战乱中的渺小、无可奈何与不幸。

曾于1980年6月去信，代表《联合报》副刊询问张爱玲担任小说奖评选委员的可能性。她回信：

真使我感到荣幸。不过我对小说的看法太 unorthodox，一向只要看了若有所得就是了。如果需要说出所以然来，还要想说服别人，那就相当费事费时间。虽然这次评判的标准注重多样性，差距的尺度太大了也徒然引起论争。近年来健康很差，损失的时间太多，剩下的工作时间已经不够用。我觉得第一要对自己交代得过去，别方面实在顾不到了也应当可以见谅。也没有旅行的余裕。联副征文我只好继续做个兴趣浓厚的旁观者了。

字里行间讲到自己看小说的态度，更说明身体不佳，对争取时间工作的紧迫感。

有次不知为何，我提及看到她小说选集中的两帧照片的感触，她解释：

是从前有两个业余摄影家找人介绍来替我拍照——不是生活照，是照相馆式的——连照了许多张之后，想换个样子，在旗袍上加件浴衣再照了一张，再蹲下来照一张。我也觉得这姿势有点滑稽，所以看得出忍着笑。

这封信，她不自觉地流露出难得的放松与幽默愉快情绪；我读信也开心许久。

信件中，她也曾提到自己喜欢京戏，但是不喜欢昆曲。另写过：经不起累，一累倒了百病俱发；又在看牙齿；脚肿查出是血管毛病。也写原住的老房子有虫患，急切间找的房子也不得不放弃暂住旅馆这些生活上的烦恼诸事。四十五封信之中，形式最特殊的是一张 1981 年 3 月收到的小卡片，她把卡片对折，折线在左，开页在右，封面疏松地直写下"彦明小姐"及三行文字；然后转翻内页，里页同侧再写三行文字，最后签名：张爱玲。卡片朴素无华，却异常精巧别致优美。我爱不释手，每每玩味，感叹：一件小小的手信，明明是人间物，竟能吐露轻盈的仙气。卡片这样写的：

　　想必在西班牙因为累积的旅途疲乏，抵抗力低，回去路过纽约就病倒了，刚好了回台北又这么忙，千万珍摄。

　　推算我与她通信，该是她五十九岁至六十七岁之间。我每次去办公室上班，一眼瞧见她的来信摆在办公桌上，内心立刻充满幸运与幸福之感。那段时日，从没想过关注或计算她的年龄，在我心中她永远是一位不会老去的传奇女性。

　　(《作家文摘》2017 年总第 2036 期，摘自《人情之美》，丘彦明著，中信出版社 2017 年 5 月出版)

琐记言慧珠

·徐淳·

总有一种马上风度

小时候，我总是缠着家里的长辈，让他们给我讲言慧珠。我为何如此醉心于她？其实，只因她是离我既远又近的言慧珠。她美如谜，让人猜不透、读不懂；她美如水，清澈见底，纯净透明。

我姑妈徐佩玲曾指着言慧珠的照片说："她本人比照片可漂亮。我小时候，她来咱们家跟你爷爷学《霸王别姬》的舞剑，那时她已经很红了，她穿着一套毛蓝色的衣裤，脚上是一双黑面一根带的千层底布鞋，兜里揣着一瓶金奖白兰地，她知道你爷爷最爱喝金奖白兰地。她身材高挑，素面朝天，不施脂粉自风韵，不佩饰物自光华，一看就是角儿。"姑妈本身就是唱旦角的,她见过的好角儿太多了,可唯独穿着毛蓝色衣裤的言慧珠在姑妈心中留下了深深印记。

她,一米六五的身高,高低自如的嗓子,天赋极佳,这得益于她的父母。她父亲是京剧"四大须生"之一的言菊朋,母亲是早期电影明星高逸安。优秀的基因,具有浓厚艺术气息的家庭氛围,加上她是蒙古族,所以梅葆玖说言慧珠在舞台上总有一种马上风度。

我虽未曾亲见言慧珠,可她最初学习梅派艺术是拜在我曾祖父徐兰沅门下的,她在很长一段时间里吃住在我家。我奶奶说,最初言慧珠的父亲言菊朋不同意她学戏,可她偏要学,且甚为痴迷,父女俩因此闹僵了。我曾祖父看她是块好戏料,就对她真下心,悉心培养。她聪颖过人,情商极高,为了学好戏,她和我们一家老小相处甚洽,和我二姑奶奶、三姑奶奶吃住在一起。她特有眼力见儿,帮着我曾祖母干家里的活儿,从不拿自己当外人;我曾祖父也拿她当闺女一样疼爱。到了冬天,她连件大衣都没有,身上只穿了个旗袍。我曾祖父就跑到天桥挂货店给她买了一件毛皮大衣。我曾祖父真是惜才仁厚,在教她演戏的同时,也用自己的为人处世教她如何做人。

连演十天报答恩师

奶奶说,那时候要想跟梅兰芳学戏,谈何容易,皆因梅兰芳要演出,还有一大堆社会活动,哪有工夫手把手地教学生啊？言慧珠为了学戏，真可谓煞费苦心：每天给梅兰芳的千金梅葆玥讲故事，讲得晚了，就留在梅家和梅葆玥住在一起；住在梅家就有更多的机会跟梅兰芳学戏。

我曾祖父徐兰沅是梅兰芳的琴师，他可以指导言慧珠唱、念，但京剧演员须全面，还须身段武功。因此我曾祖父就请武旦名家朱桂芳给言慧珠说身段武功。朱桂芳的艺术造诣极高，而且是梅兰芳剧团的股肱之臣，常年和梅兰芳配戏，因此深谙梅派表演艺术之精髓。言慧珠有徐、朱二位老师培养，再加上她自己刻苦勤奋，才艺日益精进。即便后来已红遍大江南北，她依然勤苦深造。梅葆玖曾说，梅兰芳演出，言慧珠每场必到，坐在台下认真观摩，潜心钻研，孜孜以求。

言慧珠唱红后，在宣武门外校场四条买了所四合院，那院子挺特殊，正房是一座二层小楼。我奶奶带着我七叔曾到那院串过门。朱桂芳死后，言慧珠就请吴氏（朱桂芳的夫人）帮她看房子，还定期给吴氏生活费。说是看房子，其实就是请一位保姆在自己的房子里照顾吴氏，直至吴氏下世。言慧珠成名后，移居上海，每次回北京都会来看望我曾祖父，买很多的礼物，对老师很尊重，很孝顺。梅兰芳病故后的第二年，她和丈夫俞振飞到北京连演了十天京剧、十天昆曲，报答恩师对自己的栽培。

金色高跟鞋让给新娘子

1945 年，我爷爷奶奶在六国饭店举行婚礼。言慧珠出席并讲话，她说今天是三喜临门——一是日本投降抗战胜利，二是我二妹妹（我爷爷的二姐）出嫁，三是我弟弟徐元珊娶媳妇。

当天我奶奶穿着白色婚纱，脚下穿了一双黑色平底皮鞋。有人说奶奶的鞋不好看，让奶奶试试言慧珠的皮鞋——金色的高跟鞋。奶奶一试，不大不小正合适。言慧珠二话没说，赶紧跟奶奶换鞋。那个时候，能驾驭金色高跟鞋的女人得多摩登啊！要知道，言慧珠是个特别要样儿的人，参加婚礼她肯定要穿自己最得意的"行头"，可关键时刻，情义大于一切。

我爷爷小时候管言慧珠叫二姐，总磨着让她给买好吃的，她管我爷爷叫蘑菇。20世纪50年代，北方昆曲剧院邀请言慧珠演《金山寺》，她来家里请我爷爷演伽蓝。当年梅兰芳先生演《金山寺》这出戏，我爷爷就饰演伽蓝。那天，她给我爷爷买了两条中华烟。她打扮得漂漂亮亮的，可脚上却穿了一双白边懒汉鞋。真想不出一个穿金色高跟鞋的女郎为什么会穿"白边懒"。

穿"白边懒"在当时是一种时髦吗？还是她一贯我行我素的随性？我不得而知，总之，她是个谜，越思越美的谜。她是水做的身子，洁净又刚硬，柔中带刚。奶奶说她巾帼不让须眉，身上有男子气概。

（《作家文摘》2019年总第2220期，摘自2019年3月17日《北京晚报》）

聚光灯之外的周璇

·胡玥·

1944 年 8 月，丁悚开始在《东方日报》连载《四十年艺坛回忆录》，到 1945 年 9 月为止，共四百余篇。作为艺坛老前辈，丁悚交识的人物众多，阅历丰富，笔下曾道出不少名人逸事掌故。这四百余篇回忆录中，有七篇的题目直接包含了周璇的名字，在其他篇目的内容中，也时时提及周璇，他笔下的周璇，有许多人所不知的真实。

电台唱到歌坛

一位艺坛明星和一位老画师如何相识？这缘于丁悚的爱好和性格。

丁悚，字慕琴，出生于 1891 年，是中国近现代漫画艺术的先驱之一，曾与张光宇、叶浅予、鲁少飞等发起中国第一个漫画家社团"漫画会"。丁悚喜爱音乐，又交友广泛而好客，每逢周末，府上热闹非凡，聚集许多文艺界人士。当时，明月社的"四大天王"王人美、黎莉莉、胡笳（茄）、薛玲仙，还有小师妹白虹、周璇，总是成群结伴去丁府玩耍。

1933 年，陈大悲的小说《红花瓶》要在电台以"观音戏"（广播话剧）的方式播送，但女主角难觅。丁悚便推荐了时年十五（虚）岁的周璇，认为她的嗓音很美，适合播音。周璇以此起步，从电台唱到歌坛，逐渐练成了一代歌后。

稍晚两年周璇进入电影界，也有丁悚一份功劳。明月社解散后，严华率领周璇、严斐等成立了新华社。新华社也解散后，丁悚和龚之方把周璇推荐到艺华影业公司，这便是她踏入电影界的第一步。周璇初入艺华并未受到重视，拍的电影没能展现其优点，直到出演史东山拍摄的《狂欢之夜》中县长女儿一角，方获潮涌好评。此前，丁悚就曾屡次向史东山推荐周璇，史东山曾邀二人一叙，借以观察周璇的行为举止，因此日后拍电影时，能充分挖掘出周璇的潜力。

某种程度上，丁悚可说是周璇的伯乐。

成名之路走得不易

而在私交中，丁悚是周璇敬重且亲近的长辈。周璇常去丁府小聚，太过忙碌无法前往时，会写信问候丁悚和他夫人，告知近况，诉说苦闷，或寻求建议。周璇称丁悚"丁先生""丁老先生""老丁先生"，丁悚唤她"小璇子""小周子"。周璇还跟丁悚的长女丁一英非常要好，称她"英妹"，自称"璇子"。

丁悚因痴迷音乐，对音色、乐曲以及唱片、无线电等声音媒介均有研究，还能在唱歌上给周璇一些专业性的指导。年龄相差十几岁的两人，保持着亦师亦友的关系。在丁悚看来，周璇是努力且谦逊的。她录制唱片时，会反复练习，推敲声音细节。即便已是公认的大歌星，她在演唱会之前还是会急得要命，担心自己的歌喉欠亮，给观众带来不好的体验，不愿将票价定得太高。

其实，周璇的成名之路，走得很不容易。丁悚就记述过这样一段秘辛：早期在明月社，周璇经常被人呼来唤去，不太受待见。有架钢琴，她非常喜欢，私下里不时弹弄，"一次恰给王人美的哥哥人艺看见（人艺脾气孤僻，擅长手提琴），猛然一脚踢去，直把她跌到很远的一扇门上弹住，当时严华也在当练习生，实在有些看不过去，几乎和人艺吵了起来，她是含了包眼泪，不声不响地走开了"。

周璇喜欢唱歌和演戏，自己也肯下功夫努力，拍戏再苦再累，也乐在其中。1936年拍《狂欢之夜》和《百宝图》时正值盛夏，周璇写信给丁悚说："虽然拍戏时候热得难受，可是又觉得很开心的，拍完了大家抢吃冰激凌啦！闹成一片。"

然而，周璇的电影事业并不如歌唱事业那般如鱼得水，她一直没能遇上适合自己的电影，直到1937年袁牧之导演的《马路天使》，方大获成功。周璇在电影里献唱的《天涯歌女》《四季歌》等也成为经典。从此，她跻身艺坛一线女星，一颦一笑、一举一动都受到热切关注。"后来她出了名，不得了，有几次她来时，把我家的前后门挤得水泄不通，吓得她从此轻易不来了。"但周璇获得"小红"这个角色，是经历过一番曲折的。据丁悚回忆，这个角色袁牧之本早已属意周璇，觉得非她不可。但当他向艺华公司商量时，"艺华一听要借周璇，不免奇货可居，多方留难"，好在袁牧之志在必得，愿意用一切条件让周璇出演，"假使借不到周璇，宁使牺牲《马路天使》不拍"，最后总算如愿以偿。若不是袁牧之独具慧眼、知人善任，周璇不知还要在丫鬟、女佣等小角色里挣扎多久。

生活苦乐参半

成功给周璇带来荣耀，也带来了痛苦。1938 年，周璇加入国华影业公司，从此成为其"摇钱树"，不得不夜以继日地拍戏，可谓高产，但她自己也明白其中许多是粗制滥造的赶工片。抗战胜利后，她一次遇到赵丹，讲起近些年的拍戏状况，无限感慨地说："不要提了。没有一部是我喜欢的戏……我这一生中只有一部《马路天使》……"

长期的奔波和压力，让周璇心力交瘁，患上神经衰弱。拍摄《凤凰于飞》期间，周璇因此而请假停拍。丁悚去看望周璇，见门上写着"因病谢绝接待"的告示。他知道这多少是个"挡箭牌"，便推门而进，周璇果然开心地出来迎接他。聊着聊着，周璇抱了一只别人送的小白狗过来，说是雌的，曾唤它"莉莉"觉得拗口，要丁悚替它取个较易呼唤的名字。丁悚随口说，不如叫它"杰美"吧。周璇连声说："很好，很好，一定叫'杰美'罢，这是丁先生给它取的。"

作为朋友和长辈，丁悚时常宽慰和鼓励周璇，但有时也对她的处境感到痛心和无奈。1945 年的《红楼梦》，周璇在未公演前曾跟丁悚说："你看我多瘦，摄演时害我流了很多的泪，连饭也吃不下，患了神经衰弱，假使一兴奋过度，就患失眠，真苦透苦透。"

丁悚关于周璇的记录还有很多：她会失眠，会胆小，会自苦……当然，还有那段不长的婚姻中的一些酸甜苦辣。聚光灯之外的周璇，生活如普通人一样，苦乐参半，甚至更加坎坷。

他们最后一次联系，是 1957 年六七月。当时周璇在郊区的医院休养，有时还会参与新闻电影的拍摄和电台录音。丁悚给她连寄了两封信和一些照片。周璇很开心，回信表示出院后找机会来拜访丁悚。然而没想到，两个多月后，周璇却因脑炎急病去世。她与丁悚的约定，也再无机会实现了。

（《作家文摘》2020 年总第 2331 期，摘自 2020 年 4 月 12 日《新民晚报》）

张可：天地间一个素雅的人

·杨扬·

我第一次见她，是 1984 年下半年，因华东师大学生社团的事找王元化先生，那时我大学四年级。他们住在淮海路高安路附近的宣传部宿舍，她为我开门。印象中的张可先生，声音很轻，态度和蔼，动作缓慢，是一位慈祥雅洁的老人。

1990 年后，我去王先生家多一些，每次去，总见她笑眯眯地站在一边，静静地听大家聊天，有时也会插上几句。遇到下午去，她会招待大家吃午茶和点心。记得有一次她招待大家吃饭，有烤鸭、大葱和大蒜之类东西。王先生兴致勃勃对大家说，生大蒜好。他一餐下来，吃了好几粒生大蒜。张可先生劝我们多吃一点烤鸭和别的菜。

后来，王先生住进衡山宾馆，张可也住进医院。再后来就是传来张可病逝的消息。我去看望王先生，但不知道怎么安慰他好。我曾听我的导师钱谷融先生多次谈起张可，称赞她是真正的大家闺秀，对于身处逆境中的王元化先生不弃不离、始终相伴。

王元化先生谈张可的文字不多，收入他《思辨录》第三百七十四则，其中有他为余秋雨先生《长者》中涉及张可而写的一段文字。这是在余秋雨原稿基础上的修改。王先生最后改定的文字是：

> 张可心里似乎不懂得恨。我没有一次看见过她以疾言厉色的态度待人，也没有一次听见过她用强烈的字眼说话，总是那样温良、谦和、宽厚。从反胡风到她得病前的二三十年漫长岁月里，我的坎坷命运给她带来无穷伤害，她都默默地忍受了。人受过屈辱后会变得敏感，对于任何一个不易察觉的埋怨眼神，一种稍稍表示不满的脸色，都会感应到。但她始终没有这种情绪的流露。这不是任何因丈夫牵连而遭受磨难的妻子都能做到的，因为她无法依靠思想和意志的力量来强制自然迸发的感情，只有听凭善良天性的指引才能臻于这种超凡绝尘之境。

对于张可先生作为知识女性和大学教师学识身份的认识，更多的，我们可以从王元化先生的《莎剧解读》的序跋中体会到。王先生说："我倾心于莎剧，主要是受到张可的启发。"因为张可有过良好而全面的戏剧文学教育。她大学时代的老师中，有像孙大雨、李健吾那样的莎剧翻译家和戏剧评论家，张可自己的英文水平相当高，十八岁时，就翻译了奥尼尔的《早点前》。她还是暨南大学学生剧艺社的台柱，有过舞台表演的体验。所以，她对于莎士比亚戏剧的爱好与认同，有来自文学审美方面的，也有舞台表演方面的。张可还受到她哥哥满涛的影响。满涛是当时进步的知识分子，参加了地下党领导的文艺聚会和沙龙活动，他家还曾一度是进步文艺青年聚会的场所。1930年，国难当头，张可参加了共产党领导的地下组织活动，对于很多党组织推动的负有实际政治斗争使命的戏剧形式并不陌生。但她的教育和成长背景，让她对包括莎士比亚在内的西方戏剧毫不排斥。她不仅不排斥，而且能够真正体会到其中的艺术妙处，享乐其中，丝毫不受到外界政治因素的影响。

当与思想激进的王元化先生发生意见分歧时，她也不争执，"只是微笑着摇着头，说莎士比亚不比契诃夫逊色"。事实证明，张可对于莎剧的理解和判断是禁得起时间考验的。随着岁月推移，包括王元化先生本人在内，逐渐体会到莎士比亚戏剧的深刻性和在人物塑造上的独特价值，不仅爱上了莎剧，还由衷地赞叹莎剧的魅力。

张可先生与王元化先生是1948年结婚的，此后，有一段时间她过着家居生活，完全沉浸在家庭的幸福之中，没有出去工作，甚至连原来热衷于参加的政治活动也疏淡了。直至1949年上海解放后，在姜椿芳、夏衍等人的劝说和鼓励下，她才走出家庭，到新成立不久的上海戏剧学院任职，在表演系担任形体训练课的教师。但张可身体羸弱，最终不得不离开表演系，到戏文系担任莎士比亚戏剧教学。

张可先生的艺术修养和善良品质，不是靠后天学来的，而是自然天成。这样的人，从来都不与世争，她有她自己的是非观和爱憎情感，她只想做自己喜欢做也愿意做的事。

（《作家文摘》2020年总第2334期，摘自《张可译文集》，杨扬主编，上海书店出版社2020年2月出版）

闺密

·林青霞·

能够被她纳入知己的名单，可以说是非常幸运的，尤其还是唯一的红颜闺密。

1979 年年底，我离开电影圈，在美国待了一年半。1982 年回港，电影的大环境改变了，许多新锐导演出现，徐克是其中最亮眼的一位，他找我拍戏。我们约在九龙北京道巷子里一间地下餐厅见面。餐厅门打开，迎面而来的是一对非常特殊的男女，女的头发比男的短，服装新潮，男的山羊胡，艺术家气质，是施南生和徐克。他们轻松地喝酒聊天，英语噼里啪啦的，我仿佛见到了不同世界的人。

施南生给人的感觉绝对是无敌超级女金刚，她腰杆笔直，服装件件有型，每次见她，她都好像从服装杂志上走出来的人。我跟她有约时，会刻意打扮一下，自以为蛮好看的，一见到她，就知道我还是输了。有一次，我们在日本一家钢琴酒吧喝酒听音乐，日本人听说有一位香港来的明星，都朝着南生微笑点头，我高兴地对南生说："他们认为你才是明星呢。"

施南生不算是美女，但是她的出现总会让人眼前一亮，光芒盖过周边的大明星、大美女。张叔平说得传神，某次日本影展，张叔平和王家卫导演的太太正在吃早餐，施南生推门进来。她戴一副黑色太阳眼镜，一身新潮打扮有型有格，径直走到一张桌旁坐下，悠然地点起一支烟，两只手指夹着烟，手肘支在餐桌上，微微扬起下巴。刹那间，张大师和大导演太太都感觉自己好渺小。

我们是不打不相识。1985 年，我拍徐克的《刀马旦》，原计划拍完后就跟南生去伦敦为周凯旋的戏院剪彩，然后直接去美国。没想到计划不如变化快，去伦敦剪完彩还要回香港再拍几天戏。听到这个消息我已经老大不高兴了，去伦敦坐的又是经济舱，在飞机上睡觉莫名其妙地被一个小孩打了一下头，到达酒店又发现化妆箱被偷了，样样事都不顺心。第二天早上，见到南生在游泳池边优哉地吃早餐，我就跟她抱怨，结果没说几句她就哭了起来。我气还没出够，她一个女强人怎么说哭就哭了，倒像是我欺负了她似的。她倒也好，哭完了眼泪一擦，就陪我大街小巷地逛，又买了一个新的 LV 化妆箱送给我。35 年了，我一直保留着化妆箱。后来才知道，原来那天是她跟徐克的结婚周年纪念日，他们一个在香港，一个在英国，她因为第一次没有一起庆祝而神伤。自那以后，我们开始体谅对方。

贾宝玉和林黛玉结的是仙缘，我跟施南生结的则是善缘，因为拍摄她的《东方不败》，之后我在香港接拍了许多武侠刀剑片，因而认识了我的夫婿，在香港安了家。

我和 Michael 结婚是施南生和徐克签字证婚的，那天她穿了件粉红色的旗袍，是最传统的款式。表面上，她是一个现代先锋女性，骨子里却非常传统。那天，她像母亲一样，殷殷地交代我：一是要我把英文搞好，因为 Michael 是企业家，需要用英文的机会很多；二是要我把计算机学好，将来跟孩子容易沟通。

2003 年 12 月 30 日凌晨 3 点，电话铃响，电话那端传来南生抽抽泣泣、断断续续的声音，我听见南生说，梅艳芳走了。"哭吧！把所有的悲伤都哭出来吧！"我说。她哭了好一阵子才挂电话，之后我睡觉就梦到了南生和梅艳芳，第二天起床偏头痛得厉害，脑神经一跳一跳地痛了好几天，我想是因为分担了她的极度哀伤而造成的。这通电话让我知道自己已被她列入了知心朋友的名单，因为她是那么要强，绝不会轻易地把脆弱的一面展示给外人看。

金庸先生说得好，南生是唯一的对老公意乱情迷的妻子。她是百分之百的痴情女子，将自己奉献给她心中的才子，她崇拜他，保护他，把他当老爷一样服侍，她最高兴的事就是徐克高兴。她跟我说，徐克是个艺术家，他需要火花，如果有一天，有个女人可以带给他火花和创作上的灵感，她会为徐克高兴。有一天那个女人真的出现了，她还是会伤心，我想尽办法安慰她，她唯一听进去的话就是，"把他当家人"。从此她收起眼泪，表面上看不出她的痛，她照常跟徐克合伙拍片，照常关心他，照常帮他安排生活上的琐事。但她形单影只，有时候跟她吃完晚饭送她回家，我在车上目送她踩着酒后不稳的步伐走进寓所，真是心疼不已。

南生不喜用"闺密"二字来形容友情，我也不喜欢"闺密"这个新词汇，但是我跟她旅行的时候经常睡一张床，大被同眠，半夜三更聊起各自的初恋情人，咯咯咯的大笑声在空气中回荡。她是做事的人，不会在电话上聊天，也被我训练得一聊就是半个至一个钟头，这样的友情也只有"闺密"二字可以形容了。

我上台怯场，2018年香港国际电影节为我举办了"林青霞电影展"。3月31日，施南生和我有个对谈，她事先在家里做好了功课，到了现场，跟工作人员说，她只是陪衬，要他们把我的灯光打好就行，不用管她。我知道她会保护我，也放心地把自己交给她。那是我这辈子做得最自然、最成功的一次访谈了。

施南生把我的女儿们当成自己的儿女在爱。在爱林十五岁、言爱十岁那年，她特别为她们安排了一趟南非之旅。旅途中有一天，爱林若有所感地问我："妈妈，南生阿姨会不会很寂寞？如果阿姨有需要，我愿意亲身照顾她。"言爱在母亲节会多送一份礼物给她，并附上一张文情并茂的卡片，那封信比写给我的亲多了，南生看了感动得流泪，珍而重之地收藏着。

施南生叱咤风云凡数十年，我真希望她能退下火线，轻轻松松过她喜欢过的日子，如果还能享有那么一点儿浪漫情怀，那就更好了。

（《作家文摘》2020年总第2340期，摘自2020年5月28日《南方周末》）

阿基诺夫人琐忆

· 陈树培 ·

1986—1988 年，我在菲律宾任新华社常驻记者时，跟菲律宾总统阿基诺夫人有过多次接触。当时，在阿基诺夫人领导下，菲律宾和我国关系相对融洽，阿基诺夫人更是专门到福建省龙海县鸿渐村寻根探祖。她说："我既是菲律宾的总统，也是这个村的女儿。"

"退休后开个北京烤鸭店"

1987 年 10 月 9 日，我受邀参加在菲律宾总统府马拉卡南宫举行的晚会。阿基诺夫人原定当天出访意大利，但因国内政局动荡，未能成行。原来准备陪同总统出访的政府要员和总统府记者团便出了个点子，决定当晚在总统府开个晚会，邀请总统来，大家聚一聚，以弥补取消意大利之行的遗憾。

阿基诺夫人欣然拨冗前来参加晚会，还特意做了意大利空心面请我们记者品尝。

晚上7点钟，阿基诺夫人身着典雅的蓝色花纹旗袍，戴着宽边眼镜和珍珠项链，手拎坤包，步履轻盈地缓缓步入大厅。她一出现便被记者们团团围住，大家你一言我一语，毫无拘束地同女总统侃起了大山。

有记者问，请大家吃的空心面真的是你自己下厨做的吗？有的问，当总统是什么滋味？你的小女儿克莉丝的娱乐明星路拓展得如何？阿基诺夫人有的回答，有的一带而过，落落大方。她说，面条是她做的，因为她本来就是个家庭主妇，做面条是她的拿手好戏。

阿基诺夫人擅长烹饪，美食中偏爱烤鸭，也做得一手好烤鸭，她曾对我开玩笑说，退休后想开个北京烤鸭店。

阿基诺夫人日理万机，有时连梳妆打扮的时间都没有。她常说，女总统和男总统不同的地方就在于再忙也得抽时间整理仪容。比如在1987年8月28日兵变当天凌晨，在她的官邸遭到叛军围攻的时候，她不敢开灯，但还得摸黑涂上唇膏，简单梳妆。

阿基诺夫人注意仪表，讲究衣着，曾被评为世界最注重仪表的元首。她的服装都是菲律宾第一流服装设计师奥吉·科德罗（女）设计的。据她本人说，科德罗经常为她提供最新流行的时装。

"总统躲到床底下去了"

1987 年 10 月 12 日，细雨霏霏。这天一大早，阿基诺夫人怒气冲冲地走进总统府办公楼，把执行秘书马卡拉格吓了一跳。马卡拉格心里纳闷，平时和和气气的总统今天为何拉长着脸，气成这个样子呢？他还在那里发愣，阿基诺夫人把他叫到跟前，要他通知新闻部长贝尼尼奥，召集总统府记者到她的官邸去，看看她睡的床。

原来，总统用早餐时看到《菲律宾明星报》专栏作者路易斯·贝尔特伦在他的专栏中写道：

> 8 月 28 日发生未遂兵变期间，正当枪战激烈进行的时候，总统躲到床底下去了——这也许是第一位武装部队总司令这样做。

阿基诺夫人平时很少生气，在公开场合发火更是罕见。可是，看了这篇专栏文章她着实受不了了。堂堂菲律宾共和国总统兼武装部队总司令，竟然被人指控在兵变时藏到床底下去，这对她的人格是多么大的侮辱！

记者们来到后，阿基诺夫人领着大家径直走进她的卧室。室内的摆设很简朴。阿基诺夫人掀开她的床单，我们看到床四周都是木板。阿基诺夫人说："你们都看到了吧，这床下怎能钻得进去呢？"

当天中午，总统带上她的律师，冒雨来到马尼拉市法院，控告贝尔特伦触犯诽谤罪。从法院出来时，阿基诺夫人对记者说："过去，我多次挨骂，都一笑了之。可是，这是头一次听人家说我是胆小鬼，尤其是说我这个总司令是胆小鬼。我不许任何人玷污、诋毁我的人格，我要捍卫我的尊严。"

这是阿基诺夫人登上总统宝座以来头一次打官司，而且告的是一名普普通通的记者。尽管贝尔特伦和他的报纸公开向总统道歉，但她仍不肯罢休，坚持要把官司打到底。

后来，兵变头目霍纳桑被捕归案，军方说他是藏在厕所里被抓获的。阿基诺夫人听到这消息后语带双关地说："究竟是谁藏起来了呀？"

（《作家文摘》2018 年总第 2131 期，摘自《纵横》2018 年第 1 期）

1975 年，珠峰登顶

· 王华震 ·

1960 年，中国登山队队员王富洲、屈银华和贡布登上珠峰顶端，这也是世界上首次从中国境内的北坡登顶。但这次登顶因没有影像资料或他国见证人，质疑声四起。再次登顶并测定珠峰高度，向世界证明中国登山队的实力，成为一项"政治任务"。

1975 年，中国登山队组织了第二次登顶行动。5 月 27 日 14 点 30 分，九位中国登山队员再次登上珠峰峰顶，在那里牢固地竖立起 3.51 米高的红色金属觇标。当天，峰顶的积雪厚达 92 厘米。

为了这次规模宏大的登山暨科考行动，几百人会聚到珠峰脚下，他们的命运在短短几月间改变。

"一个冰凌上面，你一下去，就没救了"

1974 年，二十二岁的桑珠在西藏比如县当兵。他的老家在六百多公里外的日喀则，那里可以看到喜马拉雅山脉。是年初，中国登山队去西藏招募队员，精壮的桑珠顺利通过多轮体检和体能测试，"当时懵懂得很，不知道登山是怎么回事"。

接下去还有两轮更加严酷的淘汰。入选者先被卡车拉到拉萨郊区体能训练，背沙子登山，练习肺部和臀部。两个多月后，一大半人给淘汰了。

3 月，剩下一百多名候选队员被带到海拔 5200 米的珠峰大本营，适应高山环境，一点一点向上攀登，最终所有新队员都抵达海拔 7028 米的营地。教练观察每一个人的状态，不只是生理状态，"工作不积极、队友不团结"的也遭到淘汰。桑珠进入了最终名单。8 月，大家被拉到北京怀柔集训，一大早就背着八十五斤沙子爬山。入冬后他们开始在怀柔水库的冰面做俯卧撑，赤脚走路。

但桑珠没能进入登山队，而是进入更加危险的修路队。登山队员有七十多人；负责修路、运输、气象预报、科研和后勤保障的有五百多人，都集结在珠峰大本营。"那时候我们的登山鞋也不好，一个冰凌上面，你一下去，就没救了。在 6800 米的时候，一个大冰面，根本上不去，我们还要搭梯子，只能一步步爬。"回忆性命攸关的险情时，桑珠语气颇为轻松。

1975 年 4 月 24 日，队长邬宗岳率领十七名登山队员挑战珠峰。1960 年登顶时，邬宗岳担任后勤运输队员，此后被选派去学习摄影技术，成为登山摄影师和登山教练。1964 年 5 月 2 日，在与另外九名运动员登上海拔 8012 米的希夏邦马峰时，他在极端天气下成功拍摄了记录影像。

三次冲顶

可惜，第一次挑战"碰到了坏天气"。

5 月 4 日，邬宗岳的队伍到达海拔 8200 米。狂风暴雪中，很多队员已经被冻伤。"当时使用的法制氧气瓶每个重五千克，内存氧气 180~220 个大气压。几个人共用一个氧气瓶。"这时，为了便于拍摄邬宗岳选择解开"结组绳"（将登山队员串在一起的安全绳），他命令突击队副队长大平措率其余人先行，自己在后面慢慢跟进。风雪呼啸，邬宗岳渐渐隐没于无边的白色中。

大平措带领队员攀登到 8600 米，几次冲顶都被风雪刮回来。他派队员下去接邬宗岳，没有找到人。5 月 7 日登顶的任务无法完成，大家只能下撤。

第二次冲顶，桑珠被选为登山队员。这一次队员们仍然未能扛过风雪，新上来十几个人，到 8600 米营地只剩下四个，藏族、汉族各两人。他们没能越过珠峰的魔鬼屏障——第二台阶。"四个人只剩一瓶氧气，严重缺氧，吸一点，走一步。但路又走错了，摸不到第二台阶的位置。"而关键的路线图在失踪的邬队长身上。

两次挫折、人员牺牲令大本营陷入绝望情绪。转机在 5 月 12 日到来，气象组预告：5 月 25 日到 29 日的天气适宜登顶，那很可能是春天的最后一次登顶机会。

重整旗鼓的第三次冲顶队于 5 月 17 日从大本营出发，努力赶在 25 日之后抵达 8100 米营地。严重的人员折损，令这次选拔越发悲壮。"那时候人员不多了，我们组织了最后的男女运动员，全部加起来有十八个人，包括三名女队员（让女性登顶也是任务之一）。"桑珠说。

气象预报准确无误，一半队员成功登顶。5 月 27 日下午 2 点半，索南罗布、潘多、罗则、桑珠、侯生福、贡嘎巴桑、大平措、次仁多吉、阿布钦，九名登山队员抵达了地球之巅。

队员们马不停蹄地开展工作，测定珠峰高度、拍摄照片、固定觇标、采集冰雪样本和岩石标本。8848.13 米是他们最终测定的珠峰高度。数字一公布，就立刻得到世界登山界和科学界的承认与引用。

首位登上珠峰的女运动员

桑珠提到的三位女登山队员是潘多、昌错和桂桑。36 岁的潘多曾是农奴，从小干重体力活，经常搬运六七十斤货物往返于喜马拉雅山脉。1958 年，十九岁的潘多即加入中国登山队，算得上是位老运动员，当时已经有三个孩子，最小的还不到两岁。"当时的想法是，潘多经验丰富，昌错和桂桑年轻力壮，老队员在经验上带着年轻队员。到 8300 米的时候，让年轻人冲上去。"桑珠回忆。

但计划没有变化来得快，昌错首先倒下。在 7028 米营地，她的扁桃体严重发炎，身体发热，再往上就有生命危险，只能放弃。桂桑与潘多继续上行，到 8300 米营地休整，补充能量，准备次日登顶。桂桑脱掉厚重的靴子，烧上水，养精蓄锐，帐篷外正风雪呼号。水开时，一位队友恰好进来，涌进来的狂风掀翻了水壶，沸水泼洒在桂桑脚上，她不得不放弃这次攀登。

潘多成为世界上第一位从北坡登顶的女性，在宽度仅一米多的珠峰顶部，她静静躺着，记录下人类第一份位于珠峰之巅的遥测心电图。寒冷与激动令潘多抖个不停，调整了很长时间才平静下来。

（《作家文摘》2019 年总第 2278 期，摘自 2019 年 10 月 10 日《南方周末》）

第三章

桃李春风一杯酒

朴实无华的孔祥瑛女士

·赵絪·

父亲（赵俪生，著名历史学家）生前和我们聊起清华园岁月时，曾提到班上仅三名女生，有两位后来很出众：一位是大名鼎鼎的文化官员、《思痛录》的作者韦君宜；另一位就是著名"三钱"之一钱伟长的夫人孔祥瑛女士。孔女士是由天津南开女中考入清华的，祖籍山东，孔子第七十五代传人，少年时就办过刊物，是位教养颇佳、才具不低的知识女性，1949年后一直任清华附中的校长。钱伟长被打成右派后，祸及家人。孔女士不再担任校长之职，避开了自己敏感的中文专业，而去教一门无法"信口雌黄"的课程——地理，此举甚明智。儿子钱元凯虽是当时清华附中品学兼优的尖子生，也因其父之故不被录取。细想家中既有中文造诣颇深的母亲，又有数学泰斗般的父亲，他不出家门即可深造，那一纸文凭不要也罢。

20世纪八九十年代，孔女士陪夫君数度到西北考察。她只是个陪员，没什么硬场面一定需要周旋，于是经常溜号到我家私访，寻她的老同学——我的父亲赵俪生叙叙旧日的同窗之谊。老同学一见面，那种快乐自然没法说，仿佛又回到了20世纪30年代的清华园，坐在一起掰着手指清点他们班同学的境况，在自家屋中描摹人物，点评优劣，可是件无须防范、不用顾忌、蛮有乐趣的事，比官方报道出来的要生动许多，更加活灵活现。由于父亲偏居边陲，自然是孔女士知道得多，父亲了解得少。当然，他们也彼此开涮，相互"揭短"，热闹得让你感觉不到这是两位耄耋之年的老人。

他们在细数清华十级老同学的去向后，开起了玩笑。孔女士对母亲说："赵甡可是当年清华园的美男子，有名的调皮蛋。"父亲调侃："既然我是清华园的美男子，你怎么嫁给钱伟长，没嫁给我呀？"孔女士一下笑翻了，冲我母亲说："到老没正形！当年他是我们班上最小最小的小弟弟，他那会儿子还是个小孩子，啥都不懂呢！"父亲不服："谁说我不懂，××见天趴在宿舍里给你写情书，打发我给你传递，到现在我还能给你背上两段。"于是摇头晃脑、咬文嚼字地背了起来，活脱脱把一个酸腐文人模仿得惟妙惟肖。孔女士更是笑得一塌糊涂。

正说到兴头上，钱伟长的电话来了："你怎么还不回来，大家等着你开饭呢！"父亲赶紧催客："钱学长不耐烦了，你还是赶紧过去吧。按说咱们老同学难得一聚，怎么地也得为老大姐设宴接风洗尘，怎奈今儿个我家吃的是庄户饭，太寒碜，实在拿不出手来。你还是去宁卧庄赴大宴去吧。"已经走到门口的孔女士一听父亲这番话，停了脚步，返了回来："哦，要真是顿庄户饭，我还不走了呢。"进屋里打电话："你们自个吃吧，别等我了。我在赵甡家吃饭了。"

饭桌上，父亲让我们姐妹上桌陪客，冲孔女士讲："孔大姐，这就是我那位并不漂亮的夫人，这就是我那窝并不漂亮的女儿。"父亲一直记住老同学背后的损词，故意在此撂了出来。孔女士满脸笑开了花，冲我们频频点头："蛮好，蛮好。"妈妈有几分愧疚地冲孔女士讲："我家教不好，女儿个性都强，都有脾气，所以一个个都没出嫁。"孔女士拍着妈妈安慰道："一样的，一样的，我家也是这种情况。"

1993 年去北京出差，父亲让我给孔女士捎上他刚发行的一本著作。临离北京的前一天，才去寻钱府。院里都是独幢琉璃瓦的中式建筑，两层，很是恢宏。警卫态度倒是十分平和，根本没有盘查身份来路。我告知要去钱家，他们指着不远处的一幢楼："就是那，不过老两口不在。楼内管道年久失修，正在更换，安排他们去外地疗养了。""我从外地来，带给他们的东西放在哪儿啊？""他们家还有人，你敲他家门送进去不就行了。"没费什么事，我就这么进去了。

开门的正是钱元凯。虽初次见面，已是久仰了，我从少年时就知道钱公子的故事。就是他的际遇，让母亲严禁我的二姐报考清华。这会儿，这个例证就这样站在了我的面前。第一印象朴素平实，灰色夹克衫，与马路上穿着工作服上班的职工没啥两样。报上家门，立马迎我入室。厅堂已如工地，木地板被掀开，挖了沟槽，家具摆得横七竖八。他说明情况，拖了两把椅子。我们就在一片狼藉之中坐下来寒暄。

我们正交谈间，蹦蹦跳跳进来一个看似只有十几岁的小女孩，齐耳短发，学生装，进来喊了一声"爸爸"。钱元凯叫住女儿"叫姑姑"，孩子听话地叫了。我一打量，父女俩的眉宇之间都有孔女士的模样，于是开评："你们俩长得都像你奶奶。"我冲小女孩说："不过你不及你爸漂亮。"小女孩顿觉委屈，噘起嘴冲她爸问："是吗？"父亲得意地白了女儿一眼："那还用说。"我赶紧转换话题："上几年级啦？"没承想犯了更大的忌，小女孩的嘴又噘了起来。当父亲的赶快解释："在北师大中文系读研究生。"天哪！人家已是"进士"，我还在当小孩逗呢，赶紧致歉。当我得知钱公子是照相机厂的总工程师时，取出自己的相机抱怨弄丢了镜头盖。钱公子很随意地说："这有什么关系，你把相机放下，三天后给你复制一个。"我很遗憾地说："我是明天的火车票。""那可来不及，你干吗一到北京不来找我啊？"虽初次相见，人家坦诚相待，根本没把我当外人。

华灯初上，钱公子一直把我送到大街。这让我想起朴实无华的孔祥瑛女士，一个大家闺秀，受了高等教育的知识女性，着装、言谈、举止得体自然，没有丝毫的矫情、做作，从不虚伪地与人客套。这样的母亲能不教育出平民化的正派子孙吗？

几年后，孔女士在上海仙逝。家中收到自称是孙女的短笺，我想就是那位研究生了，信写得简练而有感情。因为是写给我父亲的，我只浏览了一遍，大概内容是这样的：抬头的称呼是"赵爷爷"，然后告知奶奶已于某年某月某日因病去世，您寄给奶奶的大作已收到，奶奶收到后始终放在枕边，可以说这是奶奶生前读到的最后一本书。短短百十个字，读得我不胜唏嘘。

就是这百十个字，却表达出孔祥瑛女士与父亲之间的那份同窗之谊、牵挂之情。

孔祥瑛是个高品位的知识女性，无论从哪个角度去观察都让人感到"舒服"。钱氏的世代书香底蕴，孔门家风的代代传承结合后，养育出了不卑不亢、朴素无华的后代传人。这样的人家恐怕也不太多了吧。

（《作家文摘》2015年总第1874期，摘自《老照片》第102辑，冯克力编，山东画报出版社2015年8月出版）

五原路 288 弄 3 号的张乐平

·秦岭·

张慰军是画家张乐平最小的儿子，位于五原路永福路交叉口附近的 288 弄 3 号的那栋英式小洋楼正是他出生并成长的所在。我们的张乐平故居探访之旅，是在张慰军的带领下展开的。

"七上八下"的"儿童乐园"

1950 年 6 月，张乐平一家服从组织安排，从衡山路上的衡山公寓搬迁至五原路。据说中华人民共和国前，这里曾是广东省主席陈济棠的产业，张乐平在这里居住了四十二年。他的大量脍炙人口的传世作品，都是在这里完成的。

288 号弄堂右手边的一溜白墙，被布置成了"三毛画壁"。

"三毛"是张乐平一生最著名也最重要的作品。"三毛"诞生于1935年的上海，抗战胜利后，《三毛从军记》《三毛流浪记》的先后推出，让这个孤苦伶仃的旧社会底层流浪儿童形象刻入了中国人的心底。"你也许不知道，很多三毛故事的四字题目，其实都是我母亲给起的。"张慰军说。

张乐平喜欢孩子，太太冯雏英就给他生了一堆孩子，大大小小，男男女女，总共七个。于是大伙儿都开玩笑，说从高到低站一排，刚好排一场"音乐之声"。

当年和张家一起搬来的，还有电影人韦布一家。韦布是上官云珠的堂兄，张充和的小舅，《大决战》导演韦廉是他的儿子。1949年，昆仑影业推出电影《三毛流浪记》，韦布是制片人之一。韦家和张家关系非常紧密，原来在衡山公寓便是邻居，搬来五原路之后，又一起住进了288弄3号。韦家的孩子也很多，有兄弟姊妹八人。张乐平家住在楼上，韦布家住在楼下，正好是"七上八下"，而他们那幢3号小洋楼，也就成了五原路288弄里著名的"儿童乐园"。

谁到谁吃的"流水席"

张慰军的回忆里，家里一直都很热闹。不光他们七个孩子，还有周围邻居、同学、同学的同学，也常常跑过来串门。母亲总是习惯性地让保姆做很大一锅饭，碰到谁来，她就会问"你吃饭了吗"，如果回答没有，就叫上一起，于是就有了这样的张家日常风景：围在一张桌子边吃饭的人，很可能彼此之间并不认识；有时候甚至开的是"流水席"，谁到谁吃。"父亲人缘很好，除了邻居常常来串门，电力公司的抄表员、邮递员，也会和他打成一片。他看到院里的小朋友也经常会说：上来坐坐，看看张伯伯。"

一群小孩子咋咋呼呼地来来去去到底是一件教人头痛的事情。母亲就曾反复告诫，玩可以，但是不能打扰父亲作画。处在喧闹中心的张乐平却只管自己作画，从不说他们什么。"我就记得一条。我父亲画画讲究解剖，有时候一个人物动作画不好，就随手拉过来一个小孩子说，来来来，做个动作给我看一下。他拿我们都当小模特了。"

台湾作家三毛曾两次前来五原路 288 弄 3 号拜访张乐平，一次是 1989 年，另一次是 1990 年，两次来沪，她都住在原先张家子女住的那间房间里。当时摄下的三毛与"三毛之父"的亲热合影，而今就悬挂在张乐平故居卧室的墙上。

"为戒酒干杯"的放养型严父

在张慰军看来，父亲张乐平是慈父和严父的结合体。说是慈父，是因为他比较放养，从来不在成绩的问题上向孩子提出怎样的要求，几个孩子功课好，并不是"管教严格"的结果。他甚至也没有专门辅导过孩子们画画。

事实上，在"家教"和"立规矩"的问题上，张乐平是不折不扣的严父。他要求孩子做到"食不言寝不语"，倘若一边吃饭一边说话，他就会批评几句，非要说话，也必须是吃完这一口，等嘴里的东西都咽下去了，才能开口。他还特别担心孩子们在外面"轧坏道"，一旦外出晚归，他也会严厉批评，但不会动手。

在张慰军看来，讲究"规矩"的张乐平，在喝酒这件事上，却是一点规矩也不守。

张乐平的好酒在文艺圈子里是"有名"的。三年自然灾害时，上海市委提出要保障知识分子的待遇，有领导就举例说："比如张乐平，你不给他喝酒，他能画出三毛来吗？"写回忆文章，喝酒也是绕不过去的段子，黄永玉、叶刚、戴敦邦也都曾在文章中提起过。几乎每天饭前，张乐平都会用小酒盅喝一杯白酒，后来身体出了点状况，就改喝黄酒了。张慰军有记忆以来，父母每次吵架都是因为喝酒的问题。"母亲让他少喝，他就说好好，不喝不喝了。随后举起杯子道：来，为我的戒酒干杯。第二天照喝不误。"

"文革"抄家时，红卫兵在张乐平吃饭的桌子对面贴了一张大字报，上书：张乐平不准喝酒。然而他依旧视而不见，禁而不绝。不但偷偷喝，还就对着大字报喝，喝完再把酒杯藏进桌子的抽屉里。"他后来自己想起也颇觉好笑，觉得那就是一幅漫画。"张慰军说。

两部作品的分量

张乐平数十年下来所创作的漫画手稿数量也颇为可观，不过"文革"中毁掉了一些，遗失了一些。张慰军记得很清楚："有一次，父亲挨完批斗回来，手里拿着一个灰色的包，他从包里掏出很多碎纸片，那是《三毛流浪记》手稿的碎片，一边掏着他自己的眼泪都流出来了，家里人看了都很痛心。"

当时十几岁的张慰军心里其实还有点想法，他对父亲说，如果你抗日战争时期离开漫画宣传队去了延安，或者你跟随飞虎队去美国，那咱们家在"文革"中也不至于那么惨了。张乐平听了竟然发很大的火：话不能这么说，我如果去了美国，就没有后来的《三毛流浪记》和《三毛从军记》了。而在当时，这两部作品都是挨批斗的"毒草"，年轻的张慰军完全无法理解其中蕴藏的逻辑，直到父亲过世之后他才真正明白了背后的曲折，明白了这两部作品在父亲心目中的分量。

（《作家文摘》2016 年总第 1969 期，摘自《上海采风》2016 年第 7 期）

干妈李丽华

·吴霜·

几天前，网上浏览新闻，猛然看到一条新闻：老牌电影明星、"影坛常青树"李丽华辞世。李丽华阿姨，她去世了！

李丽华，我曾经喊过她"干妈"的。1981 年 5 月，我赴美国留学，第一站先到纽约，当天晚上李丽华阿姨派车接我，两小时后到新泽西她的那套漂亮公寓里。那时她的丈夫刚刚去世不久，两个女儿也不在身边，她留我在那里住了十多天。

其实我第一次见到她还要早。那是 1980 年的夏天，我在中央音乐学院读声乐系。一个周末，爸爸对我说他当年在香港时的好朋友李丽华要来北京了。爸爸曾经在 1947 至 1949 年的两年间赴香港生活，做电影导演，和当时最红的电影明星李丽华有过非常好的友谊。

于是，就在我们家里，我见到了这位华丽的大美人儿。我记得她是那种人未到声先至的气势，就像《红楼梦》里的王熙凤，笑声清丽爽朗，咯咯咯地感染周边。她知道我妈妈行动不便，执意要来家里看望。爸爸把我介绍给她，她看着我笑说："哦，你女儿？好看！"

后来爸爸说，这个小咪（李丽华的昵称），一点都没变。当初在香港的时候，我们男生在浴室间洗澡，她会突然间拉开浴室门，然后咯咯咯地跑开去，淘气得很。"你看，我们是这样的交情。"爸爸又补一句。

因为我是吴祖光的女儿，到美国的第一天就去了她家里住下。李丽华阿姨为人豪爽仗义，她答应了爸爸要照顾我，说到做到。最初认识美国就是从李阿姨这里开始的。记忆犹新的是她告诉我两件事：小双，你才到美国，不久你就要去印第安纳大学读书，有两件事你必须记住，记得死死的哦。

这两件事是：一、不可以沾毒品。学校里经常会有各种类型的 party，如果有人递给你饮料或者烟卷，绝对不可以碰！二、身上永远带一点钱，几十也好上百也好，不要身无分文。万一你不走运，遇到劫匪打劫，就把身上的钱给他。

这两条，我一直记得。我后来真的被抢劫过，我把身上的一点现金给了劫匪而安然无恙。而我也真的看见过美国学生吸毒的场景，因为心里有预期而并不惊慌，冷静中找个借口溜之大吉。

在李阿姨家里，我第一次吃牛排，半生的那种，足有半斤的量。她亲自煎给我吃，还告诉我：我喜欢放一点儿蒜汁，你要不要？我一下就喜欢上了带血的牛排。第一次做 babysitter，就是帮人带小孩子按小时挣小费的那种，也是她在楼下留言栏里看到有人留言晚上要出去，需要人看护家里十岁的小男孩。李阿姨回来时兴奋地说：小双，试着挣点儿钱好不好？我的英文那时候还属于两眼一抹黑的水平，勇气却是一点都不缺，便心无旁骛地去了，一晚上和一个白人胖小子混了仨钟头。他和我聊天，我就跟他胡说八道地对付，眼睛看着钟，心里念叨："你妈什么时候回来啊？"回到李阿姨家的时候，她看着我咯咯咯地笑，问我：怎么样啊？有意思吗？我回答说：有意思，挣了十二个"刀拉"（美元）。

李阿姨也像许多曾经红极一时的明星一样，喜欢叙述她的过往，那些令她骄傲的记录。我记得她对我说她是怎样在party上跳"恰恰"的，说"我跳恰恰一流啊，谁也跳不过我"。那时候我不知道"恰恰"是个什么舞，于是她就跳起来，她个子不高，但形体起伏有致，丰满而玲珑，那个舞跳得让我着迷了。她曾说：你喊我干妈吧，我到时候带着你演出去，你不是唱歌的吗？干妈带干女儿演出天经地义嘛。

后来我离开了新泽西，去了波士顿爸爸的另一个朋友家，再后来又去了休斯敦的表哥家，在去印第安纳读书之前转了美国好几个城市。离李阿姨那个漂亮的公寓房子越来越远，除了通过几次电话，就没有再见过她了。

今年，亲爱的李丽华阿姨过世了，享寿九十三岁。在我印象里，五十七岁的她永远都是那个和三十岁一样年轻美丽、总是咯咯笑着的玲珑丽人。

（《作家文摘》2017年总第2024期，摘自2017年4月1日《新民晚报》）

杜月笙之子回忆：孟小冬与张大千

·杜维善·

杜维善，杜月笙第七子，生母姚玉兰，庶母孟小冬。1949年5月，杜维善随家人从上海赴香港；1951年杜月笙去世后，他又随母亲姚玉兰去往台湾。1967年，孟小冬也从香港去到台湾，独自在台北居住。此后，姚玉兰及其子女常常陪伴孟小冬。1977年孟小冬过世，杜维善以义子身份为其送终。

京派作风

孟小冬喜欢与老派人来往，这与她的成长背景有关系，包括时代和地域。当然，我生母也生长在那个时代，但她很早就到了上海，上海的风气就和北京两样了，是比较开放的海派。所以大概可以这么说，我的生母姚玉兰是海派风格，我的庶母孟小冬是京派风格。

孟小冬不喜欢清唱，她与遗老们吃饭，就是吃饭而已，从不清唱，这跟她爱护自己的舞台形象有关。抗战胜利后，举国同庆，孟小冬也和其他戏曲演员一道积极参加庆祝胜利的各种义演。一次，孟小冬与程砚秋到电台合作，清唱《武家坡》。尽管电台演播很成功，但就是那次清唱之后，孟小冬发誓再也不清唱了。原来老生的唱要有唇、齿、喉、舌的发音，有时两腮还要用力，看上去非常不雅观。孟小冬穿戏服登台的时候，戴上口胡须遮住口型，观众是看不到这些的。但是在清唱的时候，因为没有行头，就会"原形毕露"于观众眼前，效果很差。这让孟小冬感觉非常别扭，她不希望破坏自己在戏迷、观众心中的美好印象。

只为大千先生清唱

只有和张大千在一起的时候，孟小冬才肯破例清唱。张大千酷爱京剧，喜欢听戏，而且要听好的。他广交京剧名家票友，与余叔岩很早就熟识，与梅兰芳、金少山、杨小楼等都是多年私交。

1952年5月，张大千终于在香港第一次与孟小冬相见。他们彼此早已久慕对方大名，见面时的情景也别具一格。当时，孟小冬按"老礼"为年长的张大千行了跪拜大礼，张大千也循旧俗向人称"冬皇"的孟小冬深深行了个旧式的大揖，孟小冬在起身时还蹲了一下，做满人请安的姿势，用的是宫里的礼仪。她对周围的人说："我这样做是要给你们小辈的人看看，什么是规矩。"孟小冬尊敬张大千，张大千也很敬重孟小冬，他和杜家往来主要是因为孟小冬。

1952年秋，张大千即将远渡重洋旅居阿根廷。在为他举行的饯别宴会上，孟小冬反串《贵妃醉酒》。对孟小冬来说，以这种方式为友人送别是她前所未有过的。临别时，张大千还收到了更令他意外的特殊礼物——孟小冬特意制作的收录了她自唱曲目的录音带。

张大千对孟小冬的情谊则在画中体现。他特为孟小冬绘制《六条通景大荷花》，主题是张大千最擅长也是最受佛家青睐的荷花，寓意"出淤泥而不染，濯清涟而不妖"的高尚品格。画作完成后，张大千还特意将其送到日本精工装裱，并亲笔题签以示恭敬。1962年香港博物馆举办"张大千画展"时，张大千曾专程登门拜访孟小冬并赠送此画。他对孟小冬说："这是我心情最好时的作品。"1965年新年伊始，张大千又为孟小冬作画《开岁百福》以贺新春。

赠之以礼，报之以礼

孟小冬不喜欢应酬，实在推托不掉的就请进家里，她自己几乎不出去，到了台湾以后更是深居简出，但对张大千却另当别论。孟小冬曾专门请张大千去外面吃饭，她精心点了菜肴，还挑选了一些特别要好的朋友，此外就只请了我母亲和我。席间，孟小冬又清唱了一段。

再后来，孟小冬就不唱了。孟小冬在唱戏上是非常认真、严肃的。每次演出，除了认认真真准备之外，她在台上也倾注全部身心，每每演出之后都是精疲力竭。她唱戏时对行头扮相、乐器伴奏和搭档配合这些也很讲究。我太太有一次问她："您还预备不预备唱戏呢？"她说："胡琴儿在哪儿啊？"她唱戏一定要胡琴儿乐器伴奏，而且要名琴师。当时她的琴师王瑞芝已经回了大陆，一般的琴师她也看不上。

孟小冬为京剧倾注全部心血，张大千为作画也是如此。贵州出产有最好的朱砂，张大千画画时用的朱砂都是贵州产。抗战的时候，谷正伦是贵州省的省长，张大千在贵州时就住在他们家里。我听谷太太说，张大千在贵州的一年多时间里画了很多画，装满了几个大樟木箱子，他临摹敦煌的珍贵佛像画稿也都在里面。他画画用的颜料，像大蓝、大绿、朱砂等都是矿物质。为防止颜料褪色，张大千就把它们先磨碎，再上鱼胶。这些都是他自己来干：自己买鱼胶、自己磨、自己熬、自己上胶。

张大千晚年回台湾后，一直与孟小冬保持联系。1977 年 5 月孟小冬去世，张大千闻讯悲痛不已，提笔写下挽联：

魂归天上，誉满人间，法曲竟成广陵散

不畏威劫，宁论利往，节概应标列女篇

他还为一代冬皇亲笔题写"杜母孟太夫人墓",并亲往洒泪致祭。

（《作家文摘》2017 年总第 2095 期，摘自《纵横》2017 年第 11 期）

梁实秋：这叫暗藏春色

·罗青口述，董存发采访撰稿·

"围篱好邻居就好"

那一年，我由敦化南路 351 巷四楼公寓二楼，迁至 355 巷碧云华厦七层电梯大厦一楼。

夏日傍晚，晚餐过后，我在客厅与内子商量如何向市府申请并招工人来盖围墙的事，忽然听到不透明玻璃格子门窗外，有人前来敲窗，我打开门一看，居然是梁实秋与韩菁清伉俪。梁先生笑着说，他们晚饭后出来散步，走到这里。我闻言连忙说请进请进，然梁先生却摇摇头说，你们刚搬过来，一定乱成一团，还没整顿好，我们在外面说说话，要比屋里清爽。我只好跟在他俩后面，下了台阶，走到院旁水沟盖上，在迎风摇曳的亚历山大椰子树下，聊了起来。

我说现下正在为盖围墙的事筹划，从二楼到七楼住户的同意书都拿到了，案子送到市府建管处，问题应该不大。韩女士接口道："围墙嘛是一定要盖，不然任何人都可直接跑到你客厅、卧房的窗子前乱敲，那太不安全了。"

梁先生微笑着说："告诉你一个秘密，我会看风水呦，从小随父亲练出来的。你这栋房子，坐北朝南，位置不错，但大门若开在偏东方向，直对巷子里的电线杆，所谓'出门即有碍'，不佳！不佳！要砌围墙的话，最好把大门放在最西边，斜斜朝西南而开，如此出入动线舒畅，运势也会大好。"最后，梁先生加了一句："诗人不是说过了嘛，Goodfences make good neighbors！""围篱好邻居就好"，这是美国大诗人佛洛斯特《补墙》一诗中的名句。

"正门面对电线杆是谓'路冲'，最好用围墙隔开，把大门放在西侧，门左那棵椰子树，高大威武，正好如一名绿色门神！潇洒又醒目。"梁先生解释道，"围墙的高度也有讲究，太高，把人围在里面，有如坐牢，无法与外界联系；太低，隐私又受威胁；最好适中而微有镂空，这样，进进出出，里望外望，看起来都舒服。"

"我不过薄有文名而已"

梁先生与我于 1972 年 5 月初夏相识于台北，10 月深秋结缘于西雅图。相识是由余光中先生引荐。1974 年秋，我学业告一段落，离美环游世界，9 月中返台任教于辅仁大学英文系，随父母居于台北敦化南路复旦桥下 351 巷。近一个半月后，梁先生孤身一人飘然返台，暂居于距复旦桥不远的公寓式酒店华美大厦。

原来，我离开西雅图畅游美国时，梁实秋夫人程季淑发生意外去世。梁先生悲痛难当，孤寂莫名，遂有 11 月回台湾的散心之行。

当年岁末，由父母主持，假希尔顿饭店为我举办婚礼，梁先生主动出面愿担任证婚人。婚后我与内子租屋独居，依旧在复旦桥下巷内，喜宴过后，母亲下厨，请梁、佛（张佛千）二老便餐，表明今年冬天够冷，正好吃酸菜火锅，梁先生大乐。宴后我送二老下电梯，梁先生吃得额头微汗，在电梯里，拉开了藏蓝夹克拉链，露出里面鲜红的毛背心，梁先生粲然一笑，自我解嘲道："我这叫暗藏春色。"又过了几天，梁、韩恋爱的新闻便上了报纸，轰动台岛。

据报上记者刊出的韩菁清专访，说是在远东图书公司买书时，巧遇梁先生，由老板浦家麟介绍。佛老向老友谢仁钊求证，才得知，韩女士当时对编剧极有兴趣，有意从台前转到幕后，知道梁大师返台，亟盼当面求教。谢与梁不熟，只好拉老友浦家麟一起促成此事。

佛老怕梁先生重蹈十多年前七十五岁高龄的蒋梦麟与徐贤乐再婚的覆辙，特别把胡适病后住院第五十六天时写给好友蒋梦麟劝其慎重考虑再婚的事情的长信，影印给他看。

佛老说，梁先生看完了资料，笑道："她年轻而我年老，她有钱而我无钱，我不过薄有文名而已。大不了，老命一条罢了！"一派潇洒乐天之状，毫不在意。

我第一次见韩女士，是在他们结婚以后，新居就设在复旦桥顶好附近，算是对桥邻居。听佛老说，韩女士婚前不太愿意见梁先生的老友，也绝不去梁的住处，万一不得已遇见了，总是一再谦说她读书不多，不愿多话。这次见面，她见我是晚辈，便毫无顾虑地爽朗大笑伸出手来说："大诗人，我对你的诗，可是熟得很，常常在深夜收听。"我满脸惊疑地握完了手，成了个张口结舌的丈二和尚。梁先生见状，连忙笑着解释，她是个夜猫子，晚上最爱收听李季准的午夜广播，节目里常常朗诵你的诗，听说是非常动人。

"总得有几分怪才成"

我回台湾后，与诗友于 1975 年 5 月 4 日创办《草根》诗月刊，因为是前卫实验小刊物，未敢惊动梁先生。待一年有成之后，寄上合订本一套，祝贺他新婚周年。先生立即回信云：

幸亏我有这么一个结婚一周年，否则还不知道你已经出了十二期的《草根》。谢谢你的厚赠。徐玉诺的诗很怪，一如其人，闻一多当时相当欣赏他的作品。另一个是李金发，也有他的怪处。诗，总得有几分怪才成。不过各人的怪不一样而已。

梁先生的诗观与胡适类似，倾向浪漫派，但不同于胡适的是，他能够接受"很怪"的现代诗，而且还认为诗"总得有几分怪才成"。我的诗，在当时算是最"搞怪"的，怕他口是心非，因此一些诗集都没敢贸然寄上，以免尴尬。惹得有一次梁先生佯装怒气地质问我，最近有无新诗集出版，我才慌忙把书名比较正常的《水稻之歌》（1981年）寄上。

> 谢谢你给我的《水稻之歌》。要一首首地慢慢咀嚼，诗不能大口地吞。你的诗有独创性，又豪爽，又细腻，我甚钦服。《生日歌》尤获我心。我参加任何生日派对，从不开口唱那不伦不类的英文歌，我认为那是堕落。中国人为什么要唱英文歌？为什么要吃蛋糕？为什么糕上要插蜡烛？

由他的书笺可知，先生清早起床，伏案写作翻译，临近中午，开始回信并外出投邮，返家正好迎接女主人起床，把两种截然不同的生活习惯，设法调整得起伏有致，好像有空隙透气的围墙，既有正门也有边门，让双方都进出方便。

1985年8月，梁先生大部头厚达四千多页的《英国文学史》与《英国文学选》出版，他高兴地对我说，要不是每天能够规律早起，毫无干扰地工作到中午，便不可能只花十年就完成如此浩大的工程。

从梁先生的例子看来，婚姻更像夫妻共同砌一道镂空玲珑花砖墙，既可保有隐私，又可与外界沟通无碍，或出双入对，或自行其是，无不相宜。

（《作家文摘》2018年总第2133期，摘自2018年4月22日《文汇报》）

有里儿有面儿梅夫人

·徐淳·

　　会讲究也能将就，好日子会享受，平常日子也能活得有滋有味儿，这才是生活这出戏里真正的好角儿。

疏　财

　　"这块的确良的料子是我结婚时梅大妈送的。"妈妈拿出一块粉底浅灰黄格的布料对我（作者系梅兰芳琴师徐兰沅的曾孙）说。1977年，我爸妈结婚那天梅兰芳的夫人福芝芳来参加婚礼，在我家吃的午饭，随了四十块钱份子。婚礼后，梅夫人又亲自去商场挑了这块料子作为贺礼。

　　每年春节和我曾祖母生日，梅夫人都会给我曾祖母一个红包——四十块钱，从不短礼。一年就是八十块钱，这在20世纪六七十年代可不是个小数目。那时候梅先生已经去世了，梅夫人在经济上毕竟大不如前了。梅兰芳的儿媳、著名翻译家屠珍说："我佩服我婆婆，慷慨大方，从不计较。那时候很多朋友来家里看望我公公，我纳闷我公公为什么那么爱跟客人握手，我婆婆说，那是给人家钱呢。有些朋友生活窘困，我公公就用这样的方式周济他们。我婆婆明明知道，但从不阻拦。"有钱人不一定大方，梅夫人有钱，而且大方。

我的父辈小时候都盼着梅夫人来家里。我姑妈徐佩玲说："梅大妈一来，我就跑着往里院喊'大妈来了，大妈来了'，孩子们就都跑出来了，围着大妈问好。梅大妈这时候就掏出钱来笑着说：'今儿我请客，让张叔叔开车带你们去西单吃刨冰。'我们蹦着跳着，鼓掌笑着。"梅夫人给孩子们带来了夏日清凉，在孩子们的记忆里她的味道是甜甜的。

梅夫人常来我们家串门，到家里先到堂屋给我曾祖父、曾祖母问安，然后到后院和我爷爷、奶奶聊天，临走的时候总爱跟我小姑说："丫头，跟我上我们家玩儿两天去吧？"我小姑不犯怵，拉着梅夫人的手就往外走。梅夫人经常把我小姑带回旧帘子胡同梅宅住上几天。我小姑便和美子、红红（梅兰芳的两个孙女）住在西厢房，如果是夏天，就一个人住在正房屏风后面的罗汉床上。小姑说："梅大妈不烫头，总穿着黑色或深蓝色的外衣，白绸子衬衫，胸前永远挂着一串兰花，淡淡幽香，特别好闻。"梅夫人还有一个官称叫"香妈"，我估计与这兰花的香气有关。在我小姑印象中梅夫人特别沉稳，从不絮叨，遇事总是先倾听，再发表意见，甭管遇到什么事她总能泰然处之。

嗜　猫

这么爱干净、讲体面的梅夫人身上却总有猫毛，那是因为她特别爱猫，真可谓嗜猫如命。

有一次，她跟我奶奶说："我养的这些个猫跟土匪似的，我吃饭的时候猫就趴我肩膀上，我刚搛起一筷子菜来，它就一爪子给叼走了。"梅夫人说这话的时候，一脸幸福。

梅夫人爱猫，她的儿女也都爱猫。梅葆玖就特别爱猫。我记得我结婚前，奉奶奶之命给葆玖先生送请柬，当时她正在家里吃饭，我坐在旁边跟她说话，此时，一只黑猫一跃蹿到饭桌上，吓了我一跳。葆玖先生笑着说："你怕猫？别怕，它叫小黑，特别可爱。"说着葆玖先生就轻轻摸了摸小黑。

有人说爱猫的人比较独立，总是很自我。我觉得梅夫人的确是个活出自我的人，但她心里有他人，满心慈爱。我小姑住在梅家时，梅夫人要特意叮嘱家里的人："早上想着给丫头炸个鸡蛋，弄点面包、牛奶。"对待一个十来岁的小孩，她也绝不怠慢。

大　气

前年，我请奶奶去莫斯科餐厅吃饭。一到那儿，她就唏嘘感慨："这里变样了，当年我和你爷爷陪着梅夫人常来这里吃饭。那时候这有包间，我们每次都在包间里吃。"陪奶奶来这里，品的不只是饭菜，更多的是回忆。奶奶说："那时候你爷爷在梅家给葆玖说戏，等快到吃饭的时候了，梅夫人就派司机老张来接我，我们就去吃饭馆。跟着梅夫人，我们把京城的好馆子吃了个遍。"可奶奶说梅夫人平时来我们家吃饭从不讲究，赶上什么吃什么，从不挑。她要是觉得哪个菜做得不好吃了就直说，从不玩虚的，直言快语，待人真诚爽性。

我爷爷徐元珊给梅葆玖复排《太真外传》时，有一回梅葆玖带了三个人来家里说戏，事先也没说在这儿吃晚饭，我奶奶就没准备。到了饭点儿，奶奶瞧他们也没有要走的意思，就临时从冰箱里拿出剩包子，炸包子，又给他们现做热汤面。他们都吃得特别香，还连连称赞。

当年红卫兵从我们家南屋抄出一躺箱的瓷器，那是当年梅兰芳先生寄存在我们家的。瓷器上烧制的是梅先生的剧照。红卫兵问瓷器的来由，我曾祖父如实回答。他们不信，当时就打电话向梅夫人核实。梅夫人在电话那边沉默了一会儿，最后坚定地说："是我们家寄存在那儿的！"梅夫人不怕事，敢扛事。为了培养葆玖先生，梅夫人肯舍脸求人，也不怕得罪人，花钱费力，付出了太多心血。可以说，如果没有梅夫人，就没有梅派艺术的今天，她是台下、幕后的梅兰芳。梅夫人和梅派艺术一样，都是大气。

（《作家文摘》2019年总第2229期，摘自2019年4月21日《北京晚报》）

常玉的朋友圈

·肖伊绯·

徐志摩"在巴黎时常去看一个朋友"

据考，徐志摩留法期间，曾为常玉好友，二人曾有过较为密切的交往。1925 年 12 月，徐氏所作《巴黎的鳞爪》一文中，专列有一章用来描述一位寓居巴黎的中国画家的生活常态，及其对人体艺术的热爱与心得。这一章里所描述的那位中国画家的身份虽未明确指出，但据其内容不难判定，此人正是常玉。徐氏全文只有两章，这一章的内容几乎占到了近三分之二的篇幅，足见徐氏对常玉在巴黎的生活常态及其艺术观念颇感兴趣，也颇有默契：

我在巴黎时常去看一个朋友，他是一个画家，住在一条老闻着鱼腥的小街底头，一所老屋子顶上一个 A 字式的尖阁里，光线暗惨得可怕，他是照例不过正午不起身，不近天亮不上床的一位先生，下午他也不居家，起码总得上灯的时候他才脱下了他的开裰露出两条破烂的臂膀，埋身在他那艳丽的垃圾窝里，开始他的工作。

徐志摩对常玉迷恋人体美感及其艺术观念的描绘，则更为细腻真切。有相当一部分内容，应当直接来源于二人对话。文中提到过常玉的创作动机与动力，完全是其自述性质的表白。原文如下：

你说我穷相，不错，我真是穷，饭都吃不起，衣都穿不全，可是模特——我怎么也省不了。这看人体美的欣赏在我已经成了一种生理的要求，必要的奢侈，不可摆脱的嗜好；我宁可少吃俭穿，省下几个佛郎来多雇几个模特。你简直可以说我是着了迷，成了病，发了疯，爱说什么就什么，我都承认。

归国之后不久，徐氏将《巴黎的鳞爪》一文与别的一些关涉欧游见闻的文章合辑成书，径直以此文篇名作了书名，于1927年8月，在上海由新月书店出版。此书中的这一章，应当即是中国国内文坛首次披露常玉艺术生涯者。1929年2月，徐志摩又将常玉的代表作《花毯上的侧卧裸女》以《裸》为名，刊登在《新月》杂志第一卷第12期上，成为较早推介其作品至国内的"伯乐"。后来，常玉从巴黎寄赠了一幅素描作品给徐氏，徐氏对这一作品也颇为赞赏。1931年2月9日，徐氏在给刘海粟的信件中还写道：

常玉今何在？陈雪屏带回一幅"宇宙大腿"，正始拜领珍异也。

虽此寥寥数语，足见徐氏对常玉画作的推崇。

邵洵美激赞"活的罗丹的雕刻"

常玉的艺术生涯中，还有一位重要的"伯乐"，他也曾为这位"伯乐"绘制过肖像。这位就是邵洵美。

在法国留学期间，常玉与邵洵美志趣相投，同为"天狗会"成员。邵氏归国后，其主编的杂志如《狮吼》《金屋》等，也曾成为推介常玉作品的重要平台。1927年，《狮吼》月刊第1期第1号（创刊号）上，即刊印了常玉作品《Nu》，这可能是常玉作品在中国国内首次刊发。

也正是在1927年，常玉回到上海，于1927年1月15日，参加了邵洵美的婚礼。由于二人关系亲密，常玉是以伴郎身份出席婚礼的。当时，邵氏婚礼极为隆重，上海各大报刊纷纷予以图文并茂的报道。其中，《图画时报》第337期之上，刊发有一幅邵洵美与盛佩玉婚礼现场与众伴郎伴娘的合影，居于画面左侧最边上的一位伴郎即为常玉。这可能是目前已知的，最早刊登于国内报刊之上的常玉照片。也正是在出席邵氏婚礼之后，常玉与国内画坛的诸多友人及同道，接触渐多。其人其作品，在上海渐为世人所知。

紧接着，《图画时报》第338期，又以"画家常玉之赴法：图为常君近影及所绘文学家邵洵美君像"为题，迅即公开介绍了常玉及其为邵洵美绘制的肖像。画报之上，身着西式礼服、戴着领结的常玉照片与其速写的邵氏肖像，一同刊发，二人亲密交谊，自然也因之公之于众了。值得一提的是，此次刊发的常玉照片，实际上乃是从该报上一期（第337期）所刊登的邵氏婚礼合影上"抠"出来的。由此也可见，这一趟常玉归国的短暂之旅，并没有什么过多的准备，甚至连一张个人照片也没有随身携来。

1929年3月，《金屋》月刊第1卷第2期，刊印了一幅常玉的素描作品；同期还刊发了邵洵美所撰《近代艺术界中的宝贝》，此文热情地评介了常玉的作品，称"我们看了顿时觉得触到了热气，知道这里面有的是生命，有的是力，是活的罗丹的雕刻"，又称"国人只知道惊叹；这一半是观众少见多怪，但他的每一条线条的灵活确能使人们的心跟着一同急跳起来"。就目前已知的文献考察，此文应为中国国内最早对常玉作品的公开评论。

（《作家文摘》2019年总第2299期，摘自2019年12月12日《北京青年报》）

王世襄：东鳞西爪那些事

·李辉·

认真之人，必然较真

第一次走进王世襄家，他们还住在芳嘉园胡同十五号小院。那是在 1996 年 12 月，为写黄苗子郁风夫妇传记，特地去采访他们夫妇。1957 年王世襄邀请黄苗子一家、张正宇一家住进他的这座小院，长达二十余年。

见过不少认真的人，但王世襄的认真、较真、执拗，无人可比。我写他的画传《找一片自己的天地》，他认真画出表格，把所有照片依序排列，加以说明。他还自己列出年表，分别划分为不同阶段，帮助我认识他的一生：

第一阶段：学前时期；第二阶段：玩物丧志时期；第三阶段：认真学习、认真工作、全力以赴追归文物报效人民时期；

第四阶段：坎坷蹉跎三十年；第五阶段：知识分子春天，誓结丰硕子时期（并在表格里按年份列出出版的著作）。

如此认真、细致之人，焉能不做出令人刮目相看的成就？他于逆境中仍然不忘初心，继续研究明清家具、竹刻、鸽哨、葫芦等民间工艺，终于在晚年一鸣惊人，享誉海内外。

认真之人，必然较真，也毫不给别人留一点儿情面。

王世襄以美食家著称，并且担任过中国烹饪鉴定委员会的副主任（具体名称不详），京城有名的餐饮饭店，如果看到他入座就餐，必然使出浑身解数，希望能听到他的几句赞许。

一次，我们到京城一家以烤鸭著称的饭店吃饭，老板跑前跑后，用最拿手的几道菜请王世襄品尝。上一道，王世襄说不行，再上一道，王世襄还是说不行，不是那个味。连续几道菜下来，他硬是没有一句表扬的话。老板脸上挂不住，只好直截了当地问："那您说为什么不行？到底怎么不行？"王世襄摇摇头，不语。其实，我们吃起来觉得挺不错。看着尴尬局面，我心想，老头真是太不给面子，好歹鼓励两句也好。

不过，这就是王世襄。

不留情面的美食家

2003 年，我们在一家谭家菜举办活动，并在饭店大堂举办一次"沧桑看云"的展览，主要展示我所写的这些人物图片。这是一次难得的活动，王世襄、杨宪益、丁聪沈峻夫妇、黄苗子郁风夫妇、高莽、姜德明、沈昌文等在京朋友参加。

吃饭时，王世襄与一位出版界的老领导坐在一起。这位领导拿出画传，请在座的几位传主分别签名，转到王世襄手上时，老头坚决不肯签名。他说："这不是我写的书，我不能签。"劝他也没用，就是不松口，不留情面。这局面同样让我感到有点儿尴尬。

大约在 2005 年，一位广州记者前来北京希望采访一批文化老人，我推荐杨宪益、王世襄、黄苗子等人。他如约前去采访王世襄，回到广州后，将录音整理件寄给王世襄，请他校订。

一天，我打去电话，询问校阅情况。老头拿过电话，劈头盖脸把我训斥一番："我这么大年纪了，眼睛又不好，校样看了好几天。以后你别再给我找这种事情。我有好多事情要做。"他骂得自然有理，可是，他一点儿也不给我留情面，我心里确实不爽。在袁荃猷去世之后，我一般每个月会去看他两次，这一次脾气一来，我差不多三个月没有去。一天，忽然接到王世襄电话，说："你怎么最近没来了？哪天你开车来，我们一起去找个小馆子吃饭去。"

周末，我们夫妇开车去了，他带我们到马甸桥北面的一个小胡同，走进一家小店。他说，张中行原来住在这里，他们常在这里吃饭，张中行去世后他再也没有来过。小店实际上是一个单位的招待所，他说菜做得不错。那一次，他坚决要请客，还多点了几个，打包带回。我吃吃，也没觉得太好，可他就是喜欢，这大概就是美食家与我们这些吃货的差异。

夫妇相濡以沫

2009 年秋天令王世襄悲欣相交。相依为命、患难与共几近六十年的夫人袁荃猷，因病故去。同一个秋天，世界著名的文化奖项之一——荷兰克劳斯亲王奖，将最高荣誉奖颁发给王世襄，奖金为十万欧元。把最高荣誉奖颁发给王世襄，正是为了表彰他"对中国工艺的专业与创新性的研究"。痴爱文化的他们夫妇，在多年沉寂之后，终于在新的世纪达到了声名的鼎盛。

为这次获奖，我去采访他，他的一句话令人感动："我这个人，热爱文化爱到了极点。不管在什么时候，都关注文化。一个时代，需要一些文化人。"

谈王世襄，不能不谈袁荃猷。袁荃猷与之相伴一生，是王世襄的福分。有她的辅助，有她的无怨无悔，患难与共，王世襄才以坚韧毅力支撑自己做别人无法做的事情。

王世襄因收集家具及文物等，钱总是不够用，非常拮据，袁荃猷从不阻挠，也无怨言，而是共同欣赏。袁荃猷从未学过绘图制图，而王世襄所有著作中的线图及彩色绘图均出自袁荃猷之手。中外读者公认"业余胜过专业"。

在一次采访中，我说："师母，能讲一讲你和王先生的恋爱吗？"

师母笑着说："有什么好讲的？我上教育系，喜欢画国画，便编绘画教材。系主任给我写一个条子，要我到学校东门外的王家花园。我去找他，拜访王先生。我们各有朋友，没有想到会谈恋爱。他教我一个办法，开目录，设计写法。那是四年级，只过了半年，日本人就来了。我又到芳嘉园去找他借书，常常去看他。他临行到四川去时，送我一盆太平花。到四川后老给我写信，一年后我回过一封。我觉得他的字写得真好，全是毛笔写的，我还临摹过。"

我说："哦，是先喜欢他的字。"她说："我也清楚他的女朋友是谁。1945年10月底，他坐美军飞机回北京，飞机一到，就到我家来看我。12月我们结婚。当时我二十六岁了。他从重庆写来很多很好玩的信。"

袁荃猷性格与王世襄颇为相似，喜欢直言不讳，从不遮掩。我将这次谈话录音整理好请他们夫妇看。我去取校样时，她大声说："你写王世襄，何必写我！"王世襄在一页纸上，也这样写道："袁荃猷不喜欢被人提到，尤其是在讲我的文章中讲到她。不妨一切从简。"我当然只好听从，在画传初稿中，我真的连她一个字也没有提及。去他们家，老太太说："我好歹也是和王世襄过了一辈子，你也不能一个字不提呀？"我笑了，说："你们不是不让我写吗？"她也笑了。

王世襄在2006年开始写最后一个系列长文，题为"延续中华鸽文化，抢救保护传统观赏鸽"。一天，他打来电话，说开始写这组文章，想在《北京晚报》副刊上连载，希望我帮忙联系。

新的长篇系列在晚报连载后，王世襄颇为高兴。还复印多份寄送朋友。

2007 年去看他，还能站起来，走到阳台书架前，独自取出很沉的画册。之后，他身体越来越弱，很快住进医院，于 2009 年 11 月去世。享年九十五岁。

记忆碎片，零零星星，故曰东鳞西爪。

（《作家文摘》2020 年总第 2302 期，摘自《先生们》，李辉著，大象出版社 2020 年 1 月出版）

张宗和先生

·戴明贤·

张家的家族基因

宗和先生是贵阳师范学院（今贵州师范大学）历史系教授，终身站讲台，其在校园以外的知名度不及他的四个姐姐（"合肥四姐妹"——元和、允和、兆和、充和），其实他在许多方面同样优秀，毫不逊色。

我不是宗和先生的学生，我妻龚兴群与宗和先生的大女儿以靖是从小的邻居玩伴，是自小学到初中的同窗好友。两家父亲是老贵大的同事，是通家之好，以靖又是我低班的学友。我就是以这个身份与宗和先生结识的，跟着妻子叫宗和夫妇"张伯伯""张伯母"，与宗和先生建立了一种介乎长辈与忘年友之间的关系。进出宗和先生家的年轻人不少，有三个女儿的同学朋友、校园里的后辈；等等，年轻人来访时，宗和先生就坐在他们中间，笑眯眯地听他们胡说八道，偶尔用年轻人青涩的词汇与他们对话。有时他心情不佳或精神不济，就会提议："张以㲠，请你们到里面房去说好不好？"宽厚、和蔼、幽默，似乎是合肥张家的家族基因。

我是 1962 年春夏之际第一次拜访宗和先生的，但早几年就已经知道沈从文是他姐夫，他家里有包括沈从文、徐迟、卞之琳在内的许多大作家的老照片。我最初就是抱着看大作家的照片的想法而去造访的。因怯场，虽然妻子一再说张伯伯"好玩得很"，我还是一再犹豫，未敢造访。

那时张家住学校安排给教授住的小平房，每栋房住四家，中间隔断，各自出入。初访的细节记不清了。闲谈中，宗和先生说起当时风靡全国的长篇小说《红岩》。他对《红岩》评价不是很高，觉得它没有写出社会生活的复杂性。但是这部小说倒是引起了他要写一部反映抗日战争生活的长篇小说的念头，而且已经动笔写出两万余字来了。张宗和先生写出来的抗战小说，会是一种什么味道？我当然很感兴趣。

但不久他就因为严重的神经衰弱而不得不搁笔了，并且需要到息烽温泉去疗养。这部未完成的遗稿，后来以给我读过，三万来字，自传性很强，人物众多，写得很细致生动。

家庭典故层出不穷

趁我们闲聊，兴群和以靖从内室捧来一沓老相册。于是我看到了沈从文、徐迟、卞之琳的老照片，看到了张门济济一堂的全家福。宗和先生的三弟定和，我也不陌生。宗和提起定和先生在重庆参加话剧运动，为郭沫若的《棠棣之花》谱过曲，我就哼出来："在昔有豫让，本是侠义儿。"我还能唱定和先生的另一首歌："白云飘，青烟绕，绿林的深处是我家！小桥啊！流水呀！梦里的家园路迢迢啊。"这首歌是我小时候听大姐唱，听会的，我这两下子很让宗和先生高兴。以靖则大讲长辈们的逸闻趣事。例如沈先生家里有一次闹贼，他爬起来顺手抄了件家伙冲出去助威，等到贼去人散，才发现手里抄的是一把牙刷。此类家庭典故，层出不穷，多数"幽他一默"类型，业绩成就之类是不谈的。记得宗和先生还说到徐迟年轻时写现代诗，把数学方程式写进诗句里。相册中宗和先生和四姐充和在北平时合影很多，看得出姐弟俩感情特别深厚。

从那次拜访开始，我们就三天两头地去宗和先生家玩上大半天，定要就着矮圆桌吃了晚饭才告辞。两位老人很愿意看到我们，叫我是"喝茶的朋友"，宗和先生沏好茶待我；叫兴群是"吃辣椒的朋友"，伯母做辣味的菜待她，碰上季节，还给做费工夫的荸荠圆子之类的特色菜。吃饭时，我会陪宗和先生喝一点酒，竹叶青、汾酒、五加皮之类。有一次，他说只有金奖白兰地了，就喝它吧。我没喝过，正好尝尝新鲜，一喝怪怪的，宗和先生也不喜欢喝。

对文艺的兴趣更大

回想起来，这应当是宗和先生心情比较宁静、烦恼比较少的一段日子。有一次兴群打趣张伯伯，说小时候看他与贵大学生一起演《红鸾喜》，那么胖的一个穷书生，还差点饿死，拜堂时还在脖子上骑一条红裤子，把贵大子弟小学的学生们差点笑死。宗和先生认真地说，上台之前节食一周，当天还不吃晚饭，临了站在台上，肚子还是圆鼓鼓的，没有办法。但是在1961年以靖从都匀回贵阳来生孩子时拍的一张全家福中，他却瘦成了另一个人，看上去老了十多岁。

张家姐妹兄弟酷爱昆曲，相册中有许多演出照片。1963年1月，尚小云来筑演出和讲学收徒，宗和先生以京华故人身份，与他欢晤，又写了好几篇评论文章发表在省报上。内行说话当然精当到位，尚先生看了非常高兴。有一次我们去看宗和先生，伯母说他在礼堂教学生，我们就赶去看热闹，见他正在为省京剧团的张佩箴说《断桥》。前些年偶遇张佩箴，我提及此事。她说自己当年除了到省艺术学校听张先生的艺术史课，还每周去请张先生亲授，演员们都很尊敬张先生，说他是大行家。

现在都知道，合肥张家酷爱昆曲，以传字辈关系极深，宗和先生的大姐和四姐在耄耋之年还粉墨登场。我觉得宗和先生虽然是清华历史系毕业，但他对文艺的兴趣显然更大些。

再后来，宗和先生突然辞世了，时在1977年5月15日。

那天我刚从黔北出差回来，一回家就听母亲告诉我噩耗，立即蹬车赶往殡仪馆，正好赶上与宗和先生做最后的告别。

宗和先生得年六十三岁，他本该与他的四位姐姐一样活到近百岁的，他家有长寿的基因。以眠编了一本纪念册叫《思念》，我刻了两枚印——"广陵散绝"和"高山流水"，收入册子，以寄托哀思。

（《作家文摘》2020年总第2313期，摘自《张宗和日记》，张宗和著，张以眠、张致陶整理，浙江大学出版社2019年10月出版）

清华档案里的钱学森

·吕成冬·

1933 年起清华大学面向全国公开选拔留美公费生，著名科学家钱学森便是其中之一，其留美公费生档案至今仍保存在清华大学档案馆。这些档案，揭开钱学森与清华之间尘封的一段往事。

实习期间母亲病逝

1934 年 8 月，清华大学组织第二届留美公费生考试，刚从交通大学机械工程学院毕业的钱学森，前往设在中央大学的考点参加考试。两个月后成绩揭晓，钱学森获得"航空门（机架组）"名额。随后，由清华大学指定王助、钱昌祚、王士倬和王守竞四人担任钱学森的专业实习导师，先后在中央杭州飞机场、南京机工部、南昌第二飞机修理场等处进行专业实习。

实习期间，钱学森收到母亲章兰娟病危的消息，遂请假回家。不久母亲去世，办完丧事，钱学森即忍痛回单位继续实习。依据清华规定，留美公费生自实习起发放生活津贴。钱学森实习七个月，共计领取生活津贴三百五十元。

从档案可知，钱学森留学麻省理工学院是由钱昌祚和王助商定后，由清华大学校长梅贻琦最终决定的。钱昌祚和王助均毕业于麻省理工学院，熟悉该校情况。1934 年 11 月 2 日，钱昌祚致函梅贻琦，建议"将钱学森派赴 M.I.T 麻省理工学院求学"，理由是"该校专任教授人数较多，设备及课程亦俱完善"。与此同时，王助则以个人名义致函麻省理工学院航空工程系主任汉萨克，询问是否可以接收钱学森；汉萨克复函王助表示允可。翌年 8 月 20 日，钱学森在上海外滩码头乘坐"杰克逊总统"号邮轮赴美。

梅贻琦延长其公费生年限

根据清华规定，留美公费生资助年限一般为两年，必要时可以延长一年。1935 年钱学森赴美进入麻省理工学院攻读硕士，翌年前往加州理工学院攻读博士。1937 年是留美第三年，档案记载是年 3 月 15 日清华大学第 124 次评议会通过延长钱学森一年资助的决定。

1938 年，钱学森在加州理工学院读博士二年级，超出资助上限。当时，钱学森正在撰写博士论文，尚未毕业，因此 6 月 7 日他致函清华大学校长办公处，提出再次延长奖学金资助年限的申请，他在信中写道：

> 学问非易事，学生现在始觉对独立研究有相当把握。今年二月间曾与房卡门（冯·卡门）教授联名在美国航空学会年会发表论文一篇（已在该会会刊发表），题为"可压缩流体中之界流层"。现在待发表者又有论文一篇，题为"炮弹偏斜时所受之空气阻力"。然学生以为，如能在房卡门教授门下再有一年之陶冶，则学生之学问能力必能达完美之境，将来归国效力必多。房卡门教授亦以为在现在情形之下，此亦上策。故学生乃敢呈请再延长公费生一年，至民国三十八年七月为止。

钱学森的导师冯·卡门也于 6 月 8 日致函梅贻琦，称赞钱学森"将成为一位高速压缩流体理论和弹道理论专家"，且特别强调钱学森的研究成果已经运用于军事领域，希望能够同意钱的申请。

梅贻琦收到来信后特别重视，同意再次延长钱学森公费生资助年限，钱学森得以每月仍能领到一百美元生活资助。不久之后，不负众望的钱学森就发表了一篇令其在学术界名声大噪的论文《有攻角旋转体的超声速绕流》，即科学史上著名的"冯·卡门－钱公式"。

清华两次聘任钱学森未果

1939 年 5 月，钱学森通过博士论文答辩，获取加州理工学院博士学位，且经冯·卡门推荐留校任教。从清华档案可知，是年 7 月 5 日，清华大学第四次聘任委员会便做出决议："聘钱学森先生为航空工程研究所副教授，月薪二百八十元。"但由于当时战事正酣，清华未能及时发放聘书。直到 1941 年 5 月 3 日，清华大学航空研究所所长庄前鼎致函梅贻琦，提出"请即航函或电报邀聘"钱学森返国任职。因档案中未见钱学森是否收到聘书抑或婉拒聘任，此后详情不明。

直到三年后的 1944 年，清华再次做出聘任钱学森为航空研究所教授的决定。11 月 29 日，叶企孙致函梅贻琦称，正在加州理工学院访学的周培源建议再次给钱学森发一份聘书。梅贻琦在来函上批示："照办。卅四年二月起待遇，查前△函再增加教授四六〇元。"

庄前鼎看到梅贻琦的批示后极为高兴，在旁边批复称："甚好，请校中电聘尽复并航函送聘书。"随即，经梅贻琦签署聘书底稿后正式制作了一份聘书，寄给周培源转交钱学森。

1945 年 4 月 1 日，周培源致函梅贻琦反馈说：

曾与冯·卡门先生谈及钱君返清华事，渠甚为赞同，并表示希望学校方面能给渠一机会施展其抱负，钱君本人当然亦愿回校服务，唯渠拟于欧洲战事结束后往英国住些时候，故一时不能回国，因此渠暂不拟将应聘书寄回，暂由受业妥为保存。

当时，"二战"已近尾声，钱学森由导师冯·卡门选定为美国国防部陆军航空兵科学咨询团成员，正在办理前往欧洲考察手续。待钱学森结束考察回到美国后，却又另有重用，清华第二次聘任未能实现。

1947年3月，年仅三十六岁的钱学森晋升为麻省理工学院历史上首位中国籍教授。是年暑期，他回国探亲之际前往北平访问叙旧，其间借住清华教授叶企孙家中。8月18日，梅贻琦设宴为钱学森接风洗尘，席间谈笑风生。26日，钱学森应邀在清华同方部作"工程科学"报告，梅贻琦亲自参加了报告会。

中华人民共和国成立后，钱学森和夫人蒋英于1955年10月1日回到祖国。

（《作家文摘》2019年总第2224期，摘自《档案春秋》2019第3期）

爷爷的北大

·陈丽·

很多非本校生住在北大

我的爷爷陈传方，1915年生于苏州同里。1934年，爷爷从苏州中学毕业。同年夏天，他和一位同学到上海徐家汇交大附近租了一间公寓，参加大学考试。那时大学各自招生，爷爷报考了北大、清华、武汉三所大学。考完后，爷爷回到苏州等待"发榜"。没过多久，捷报频传，三所大学爷爷都考上了，十九岁的爷爷最后选择了北大，就读教育系。

爷爷初到北京，人生地不熟，语言也不通（讲一口的苏州话），幸运的是，他遇到了苏州中学的同学、同样考上北大的胡绳（著名哲学家、近代史专家）。

爷爷刚到北大，学校没有地方住，他就在沙滩中老胡同的一家公寓里，和胡绳及另一个苏州中学的张姓同学一起住。爷爷在公寓住了半年，就分到了集体宿舍。

爷爷说，当年混迹在北大宿舍，真是太不容易了。我爷爷的那位张姓同学，没有考上大学，他没办任何手续，就在北大旁听，还和我爷爷住在一间宿舍。当时，同宿舍有个同学叫金宝祥，他不愿住宿舍，就在附近的公寓里租了一间房住。张姓同学就顶着金宝祥的名字和我爷爷同住。后来我爷爷搬到西斋宿舍（位于景山东街），那位同学又顶着金宝祥的名字搬到东斋（位于沙滩附近），和我爷爷的同班同学陆平同住一间房。

这个陆平就是后来的北大书记陆平。陆平当时叫卢荻，后来才用"陆平"这个名字。

可以赊账但不能赖账

除了住宿，大学生们还要应对吃饭等花销。爷爷回忆，北大食堂一般先交两三块钱，钱吃得差不多了，伙计会对你说："我们掌柜的向您借几个。"这就表示要交钱了。如果你身上没有钱，你就说："我家里的汇款还没有到，到了就给你。"伙计也会很有礼貌地说："没事。什么时候给都可以。"

当时，大学生们和沙滩附近的一两个小饭店，也有这种赊账关系。所以大学生们就算口袋里不名一文，吃饭总是没有问题的。但是当时大学生间有个不成文的规矩：欠钱必须还，如果赖账，同学会群起而攻之。这种规矩还体现在其他方面：北大不交学杂费、宿费，如果没有钱买需要的教科书，可以向图书馆或系里的阅览室借用。但是借书要守信用，借的书到期之后，一定要还或者续借。如果不还，麻烦就大了。失去信用的人，不仅没有地方借书，也没有地方赊账吃饭。

请胡适、梁实秋吃饭

爷爷的英语在全校是出名的好。有一年，北京的四所大学之间举办英语演讲比赛，爷爷一举夺魁，还有六十元的奖金。拿到奖金之后，教育系的秘书就跟我爷爷打招呼，他说同学得了这种奖金，按惯例都要请院长、系主任、任课老师吃饭。我爷爷问他该怎么办？那位秘书对我爷爷说，只管把钱交给他，其他的事情，都由他办好了。

至于喝什么酒，当然听三位老师的（胡适、梁实秋以及我爷爷的老师杨子余），他们要的是老白干。那时候贵州的茅台、四川的大曲、陕西的西凤，都还到不了北京，老白干算当时北京最好的白酒了。

席间，最开始说话的都是老师，学生们只有闷吃的份儿。但是半斤老白干下肚之后，学生也有胆子说起来话了。胡适先生和梁实秋先生都脱去长袍，嬉笑怒骂、臧否人物，而杨子余老先生则倚老卖老，称赞起他的徒弟（我爷爷）来，说将来可以跟叶公超去办外交。同学们也起哄，我爷爷没有见过这种阵势，只有脸红的份儿。

潘家洵先生上课常"满座"

爷爷特别提到几位老师，他们既有学问，课又上得好。比如，闻一多先生。他教《诗经》和《楚辞》时，抱着一个蓝布包来上课，里边大概是他的讲稿，但是从未见他打开过。他讲《诗经》，讲到"赳赳武夫，百里张系"这一节，他先讲过去历代名家的解释，然后他说出自己的见解。他说以前人们都以为这句的意思是赳赳武夫，张个百里的网来抓兔子，还认为这未免有点小题大做。实际上这是人们把"兔"误解为兔子。闻一多先生认为，古代"兔"字是老虎的意思，然后他提出许多证据。有一个证据特别精彩，他说现在河南话把老虎叫作"窝兔"。

不过，北大当年最叫座的老师不是闻一多先生，而是翻译家潘家洵先生。潘家洵先生教大一、大二英语，他英语讲得好，北京话也讲得好，上课时，他根据学生的水平，先用英语讲一遍，再用中文讲一遍。而且他讲课非常风趣，很受学生欢迎。当年北大的教室可坐五十来人，正式的学生都有固定的座位，无须预先抢座。而正式学生最多三十来人，于是余下的座位是争抢的对象。于是学生要求教务处换可坐一百多人的大教室，而即使换了大教室，还是"满座"。

多才多艺的北大"三怪"

当年，我爷爷和严倚云（近代翻译家、教育家严复的孙女，后为美华盛顿大学教授），以及一位广东同学梁发叶（后为美国商人），在北大小有名气。同学们称他们为"三怪"。怪在哪里呢？

爷爷1.85米的大个子，"严婆婆"（我父亲小时候认严倚云为干妈，因此我称严倚云为严婆婆）不到1.5米，而梁发叶的脸，轮廓特别突出，外貌有些怪。从形象上，他们三个人搭配在一起，很不调和，人们觉得好怪。

不过，这"三怪"个个都有真才实学。严倚云英语、法语出色，演戏更是全校有名；梁发叶是运动场上的健将，在北大也是众人皆知；我爷爷是北大篮球校队队员，又是英语演讲比赛的冠军，除此之外，他唱歌也非常棒，是音乐会的"台柱子"。所以当时同学们叫他们"三怪"，他们三人还有些自鸣得意。北大"三怪"的关系也非常要好，他们毕业后一直联系很密切。1949年前夕，严倚云和梁发叶去了美国。

20世纪80年代，我爷爷托沈从文先生打听严倚云的情况，因为沈先生的小姨子是张充和，而张充和曾于1934年在北大试读过一年。我爷爷和张充和联系上后，又通过张充和联系上了严倚云。我爷爷也由此得知，严倚云和梁发叶曾在国外多方联系他未果，甚至被人告知我爷爷已经去世，远在海外的严倚云和梁发叶曾抱头痛哭。我爷爷在 20 世纪 80 年代末去了一趟美国，可惜梁发叶已经去世。

（《作家文摘》2018 年总第 2102 期，摘自 2017 年 9 月 4 日《北京晚报》）

为苏加诺总统看病

·吴阶平口述，杨民整理·

20世纪60年代，印度尼西亚总统苏加诺在其华裔保健牙医胡永良建议下，请中国派中医为他看病。受周总理的委派，我作为中国医疗小组的一员，先后五次前往印度尼西亚。

周总理：要实事求是

医疗组一共有十一人，有中医和西医主治医生、针灸医生、中药师、放射科专家等，我是医疗组组长，又是临时党支部书记。我们乘坐专机飞往雅加达，随身带着X光机等医疗设备和大量中草药。

苏加诺总统也有一个自己的医疗组，其中的印尼医生最初不赞成中国医疗组的到来，他们尤其不相信中医，认为中医不科学。印尼医生最相信维也纳医生，他们经常把我们的医疗方案送给维也纳医生审核。我们采取的做法是首先让印尼医生相信我们西医的医术是高明的，至少不比他们的西医差。当然我们不能自己夸耀自己，而是通过同印尼医生讨论总统的病情，提出我们的分析和看法。维也纳医生查出的病情，我们也都分析出来，这样使印尼医生相信我们的西医是在行的。

在印尼医生的配合下，苏加诺总统对中医的信心越来越大，他管汤药叫"中国咖啡"。为了总统的安全，"中国咖啡"由中国的技术员熬好，装入一个特殊密封的热水瓶，然后总统府专门派人来取。对于针灸，总统一开始也很难接受。为了打消其顾虑，我就让医生在我的手上扎给他看。

在为外国领导人看病时，我们介绍中医的好处也要实事求是，不能有丝毫的夸张。为外国领导人治病，治得了还是治不了，要有自知之明，治不了就不能夸口说治得了。

我们用中医为苏加诺总统治疗了一段时间之后，做了一次X光拍片检查，看看到底有没有效果。我在暗室里查看X光照片，发现苏加诺总统病情有所改善。如何把这个结果告诉苏加诺，就有一个策略问题。从暗室里出来后，印尼的情报局长和一名放射科医生急着问我情况如何，我没有说话，而是请他们自己进暗室看照片。因为如果我说总统病情有恢复，他们可能不太相信。情报局长看了之后，高兴地发现总统的病情有恢复，我就让他去向总统报告。如果由我向总统报告，给人的印象就是功劳是我们的；让印尼医生去报告，从表面上看功劳就是他们的。印尼医生报告的时候，把治疗效果夸张了。印尼方面后来又为了政治的需要，宣扬说经过中国医疗小组的治疗，总统的左肾功能得到了完全的恢复。

中国医疗小组第一次在印尼只逗留了三个月，印尼的卫生部部长和情报局长就从准将升为少将，总统府的侍卫长从上校升为准将，印尼方面负责总统医疗工作的人都升了官，后来他们同我们的关系非常好。

陈老总：这效果不是很好吗？

此后，苏加诺总统的身体稍有不适，首先想到的就是中国医生。我最后一次去印尼为他看病是从 1965 年 7 月 22 日到 9 月 1 日，其间正好遇到印尼国庆日。

印尼每年国庆，苏加诺总统都要在独立宫前观礼台上发表纪念讲话，并举行检阅。鉴于 7 月底因脑缺血发生过一次昏厥，我们建议他国庆日不要登台讲话和检阅。可是，那次正好是一个大庆，邀请了许多外国贵宾，苏加诺执意要登台，只答应把讲话稿缩短一些。我们就与印尼医生说好，总统的保健任务由他们在前台负责，我们在后台随时支持。

印尼国庆那天，我和陈老总在台下就座。可就在国庆大典即将开始时，我接到一个通知，总统请我上观礼台。我就对身边的陈老总低声说："陈老总，他们让我上去。"陈老总点了点头。这是个突然袭击，可是没办法，我只好硬着头皮上去。我上去后，印尼礼宾官另外拿了一把椅子，让我在两位元首的旁边坐下。我当时心里紧张极了，没有任何药品和器械，如果总统的身体突然发生意外的话，我的口袋里只有一盒万金油。好在有惊无险，庆典一切顺利。

第二天印尼各大报纸登出了我和元首在观礼台上的照片，并说中国医疗组组长吴阶平为总统保驾。陈老总就对我说，你看，这效果不是很好吗？

最怕和总统一起看电影

我们医疗组听说过这么一件事，中国有一任驻印尼大使陪同苏加诺总统看电影，影片中出现了反华内容，他没有站起来离开或做其他反应，造成了不良后果。所以我们在印尼时，最担心总统请我们看电影。

第一次去印尼给总统看病的时候，我们约好星期六为总统看病，总统按照习惯每个周末去茂物的别墅休息，他就请我们星期五一起去茂物。到了茂物，总统当天晚上就邀请我们同他一起看电影，我们心里紧张起来。

我设法打听放什么电影，没有结果，就对医疗组的同志说，我们只能去看，如果出现反华内容，不管别的，我们只好站起来就走。幸好，我们看的是一部捷克影片，没有什么反华内容。此后，我们为总统看病就想方设法躲开周末，避免同他一起看电影。

（《作家文摘》2019 年总第 2276 期，摘自《党史纵横》2019 年第 9 期）

东总布胡同 22 号

· 宋春丹 ·

现在，九十岁的林绍纲（原中国作家协会对外联络部亚非部负责人）很少出门了。过去几年，每次经过东总布胡同 22 号，他都很想进去看一看，但大门紧锁，一直未能如愿。

1956 年 6 月的一天，二十八岁的林绍纲从中南大区文化机关调进中国作家协会，来到北京市东总布胡同 22 号报到。

这是一座中西合璧的三进院落。北洋军阀时期，这里是北宁铁路局局长的私宅，日本占领时期成了日本宪兵队司令部，抗战胜利后又成为国民党"励志社"的所在地。因为当年铁路局局长在这里自杀，这座大院被人称为北京"四大凶宅"之一。

当时，东总布胡同 22 号既是作协机关所在地，也是一些作协领导和作家的宿舍，艾青、陈企霞、邵荃麟、张天翼、沙汀、严文井都住在这里。

作协机关除担任行政职务者之外，还有专职写作的驻会作家二十多人，周立波、张天翼、艾青、冰心、白朗、罗烽、艾芜、赵树理都在其中。驻会作家的待遇很高，文艺三级就相当于正局级干部待遇。张天翼、周立波、冰心等被定为文艺一级。

那时，稿费学习苏联，采取基本稿酬加印数稿酬的方式。著名作家一部长篇小说可以拿到五六万甚至七八万元的稿酬。当时北京一个小四合院房价格就一万多，赵树理、丁玲、杨朔、萧殷等几位作家都买了房子。艾青的稿费比较高，一发稿费就请大家吃饭。

驻会作家出差和深入生活的一切费用，都由作协报销。创作期间生活上遇到困难，可向作协的创作委员会申请创作基金。但这种情况较少，作协当时的财政也并不宽裕。

颐和园的云松巢是中央特批给作协的创作休养地，只有几间房。丁玲曾在那住过一段时间。1951年夏一个星期天的下午，罗瑞卿陪毛泽东来云松巢看望了她。另一处休养地是北京西山八大处的证果寺，这是北京市无偿划拨给作协的。禅房被改成单间宿舍，供作家写作、休养。

1955年之前，作协有一段比较宽松的时期。作家不坐班，每周只参加三天半的政治学习。周六晚饭后，文艺界的人爱到22号院来，交流文学艺术，讨论新闻时事，唱歌、下棋、聊天。

早些年，创作委员会每周最少举办两次作品讨论会。后来运动多起来，也会间歇举办。作协主席茅盾很喜欢参加这个活动。老舍挂名作协副主席，但行政关系在北京市文联，只是偶尔来参加。有一段时间，老舍和曹禺都是作协书记处书记。老舍常常一手拄着拐杖一手摇着折扇走进会议室，跟大家打招呼，有时还会做个鬼脸。他喜欢和曹禺开玩笑，一句一个"家宝"："家宝，你还记得那年我们相约去看曹雪芹纪念展你迟到的事吗？"

通州人刘白羽有一种北京遗老遗少的派头，夏天穿一身白色丝绸，戴时髦的遮阳礼帽，手里摇一把白色折扇。开会讲话时一口京腔，情绪饱满，极富煽动性。他的讲话一般内容简练，不像周扬能一口气脱稿讲四个钟头。

严文井不大参与日常事务，听汇报或者批阅公文通常只谈原则，不给具体意见。他爱猫，最多时家里养过七只。他喜欢西洋音乐，常去琉璃厂淘唱片，家里有几百张奏鸣曲和交响乐的唱片。开会时，他常偷偷给人画肖像，好友张天翼、赵树理经常成为他的素材。

他生性诙谐，个性外向不设防，宴请外宾时，谈完正事之后喜欢讲故事。长相俊美的单身汉杨朔总成为严文井开玩笑的对象，如果席间坐着日本作家，他就会请人给杨朔介绍日本女孩做妻子，总是弄得杨朔很尴尬。

在一次批斗丁玲的会上，旁人的发言都很激烈，严文井却站起来说："陈明配不上丁玲。"招致哄堂大笑，批判也进行不下去了。

38岁就当上作协秘书长的郭小川年轻时髦，上班经常穿灰色西装，系红领带。他性格开朗天真，几乎和任何人都能一见如故。虽然不用坐班，但他基本上每天都会骑着自行车来作协。

负责外事工作的杨朔是林绍纲的直接领导，林绍纲经常去杨朔家请示汇报。

杨朔住在一所狭窄的平房里，这是他用稿费买的，格局不好，光线很暗。他终身未婚，和弟弟一家住在这里，自己的生活由一位保姆照顾。他常西装革履，虽然也时常开开玩笑，但与人相处总有一点隔阂感。

林绍纲来时，杨朔会匆匆收起写字桌上的书刊和稿纸，寒暄几句，习惯性地说起近来睡眠不好，头疼，离不开安眠药。听汇报时，他有时走神，眼睛发直，边点头边嗯嗯。他的工作压力很大，失眠和神经衰弱影响到了他的创作。他的字一个一个圆圆的，该短的笔画拉得很长，该长的笔画又写得很短，很难辨认。每次看他的批阅，林绍纲都有点头疼。

1958年后，亚非作家在国际上活跃起来。根据亚非作家常设事务局的要求，成立了中国作家联络委员会，茅盾担任主席，刘白羽担任副主席，杨朔任秘书长。

每次外国作家来访，都由外委会负责安排。当时外国作家经常点名求见赵树理，但林绍纲邀请他时总是被拒绝。一次，他终于答应了，穿着布鞋、胡子拉碴地随团出访，住宾馆非硬板床不睡，只好让他锁上门睡地板。别人在台上讲话，他不爱听了就去洗手间抽烟，边哼哼山西上党梆子。看晚会总是睡着，甚至打起呼噜。

精通十几门外语的叶君健在中国对外文化交往中一直扮演着重要的角色。出国访问时，他通常是代表团中的"高参"。从20世纪50年代起，直到90年代，他在北海后门边的家都是接待文化界外宾的点，时间久了，工作人员都习惯称这里为"外交小院"。除了"文革"期间受到过影响，这个小院近半个世纪都是热闹的。

（《作家文摘》2018 年总第 2109 期，摘自《中国新闻周刊》2018 年第 2 期）

《人民文学》原副主编周明回忆：《哥德巴赫猜想》诞生记

·李满星·

2017 年初夏，笔者多次采访曾任《人民文学》常务副主编的周明先生，聆听他动情谈论当年策划并陪同著名作家徐迟采访陈景润的详细经过。

迎接"科学的春天"

"文革"结束后，周明等人策划组织了一批纪念周恩来、贺龙等老一辈革命家的报告文学，不仅在国内引起强烈反响，甚至被敏锐的国外媒体当作思想解放的信号予以报道。

周明回忆，一次，在探望时任中国人民对外友好协会会长王炳南时，发现他家墙上新添一幅书法《攻关》，这是叶剑英元帅新写的一首诗：

> 攻城不怕坚，攻书莫畏难。
>
> 科学有险阻，苦战能过关。

　　周明读后很振奋。他恳请王炳南帮助联系叶帅在《人民文学》刊登这首小诗。经过王炳南协调，叶帅同意发表。于是，《攻关》这首诗发表在 1977 年第 9 期《人民文学》上，9 月 21 日的《人民日报》立即转载，在全国知识界和广大中小学生中引起强烈反响。当时中国科学院领导方毅说这首诗"寄托着对我们广大科技工作者的殷切希望"。就在这时，国家决定，中断十年的高考，这一年底恢复。而 1978 年 3 月将在北京召开全国科学大会，讨论和制定科学技术发展的总体规划。

　　科学的春天即将到来，《人民文学》编辑部同事深受鼓舞，同时也想到自己应负的责任和使命，组织一篇反映科学领域的报告文学，以文学启蒙推动思想解放大潮，呼吁营造尊重知识、尊重知识分子的氛围。

　　然而，写谁？谁来写？针对这两个问题在编辑部展开了热烈讨论。对于报告文学来说，选题和选作者同等重要。他们想起当时社会上流传着一个叫陈景润的数学家的故事。一个传言是，1972 年中美建立外交关系后，美国有一个代表团来访问，见到我国领导人就问陈景润。编辑部也了解到，"哥德巴赫猜想"在国际数学界是一个大难题，陈景润在当时国内还没有刊物发表论文的情况下，把论文寄到国外发表了，引起国际数学界的重视。编辑部同事一致认为，就写陈景润吧！

接下来又开始考虑，请哪个作家来写比较好。大家不约而同地想起了徐迟。徐迟是著名诗人，也是散文家和翻译家。新中国成立后，他曾任《诗刊》副主编、《人民日报》特约记者，1960 年响应"作家到火热的生活中去"的号召，深入生活到了武汉（连编制也转到了湖北省文联）。1964 年，他曾发表过报告文学《祁连山下》，写敦煌的大艺术家常书鸿。而且，他刚采访写作了一篇关于李四光的报告文学《地质之光》，《人民文学》即将刊发。那个时代，熟悉知识分子写知识分子的作家很少，因此编辑部同人一下子就想到了徐迟。

周明当时在《人民文学》编辑部负责编辑散文和报告文学，且很早就认识了徐迟，两人建立了忘年之交。于是大家推举他来具体策划协调这件事。

周明回忆，他电话联系上这位老前辈，告诉了写陈景润的设想。徐迟说如果要他做这个事，就必须跟单位打招呼。周明立即打电话给湖北文联的领导说了这事，湖北文联表示支持。徐迟很兴奋，迫不及待准备行装，两天后就到了北京。

"他多可爱，我爱上他了！就写他了。"

1977 年一个艳阳秋日，周明陪同徐迟找到了中科院数学所，所党支部书记李尚杰接待了他们。李尚杰是位转业军干，为人厚道质朴，如兄长般多年来一直关心爱护着陈景润。当时周明注意到一个细节，李尚杰虽是位老资格的干部，但没有打电话叫，也没派秘书去接，而是亲自去请陈景润这个下属，可见对陈景润之尊重。片刻工夫，他就把陈景润领来。但见此人个儿不高，穿一身蓝色的棉制服，戴着棉帽，一张娃娃脸红扑扑的，显得很年轻。一见面陈景润就说，徐迟，我知道，他是诗人，我读过他的诗。两人很快拉近了距离。说明来意后，陈景润像小孩一样真诚地说"不要写我、不要写我"。经历坎坷世事、见惯各种各样采访对象的徐迟，温和地笑着说：我不是写你，是来写数学界，写科学界，但是要采访你。就这样，陈景润才勉强同意。

他们先随意聊天，开始了解这个被称作"怪人"的数学奇才。徐迟问陈景润"哥德巴赫猜想"攻关最近进展情况如何？他说："到了最后关头，但也是难度最大的阶段。"并补充道，看到叶剑英元帅最近发表的《攻关》一诗，很受鼓舞。说着，他就顺口背诵一遍，充满信心地表示："我要继续苦战，努力攻关，攀登科学高峰。"徐迟又问陈景润最近还在考虑什么问题。陈景润介绍，不久前收到国际数学联合会主席的一份邀请函，邀请他去芬兰参加国际数学家学术会议，并作四十五分钟的学术报告。据介绍，出席会议的有世界各国学者三千多人，但确定做学术报告者只有十来人，其中，亚洲只有两人，一个是日本的学者，另一个便是陈景润。陈景润觉得事关重大，便将此信交给了数学所和中科院领导。当时，中科院领导亲切地对他说，你是个大数学家，国家很尊重你，这封信是写给你的，由你考虑去还是不去，考虑好了，你可以直接回信答复，告诉我一声就是了。这使陈景润很受感动，从内心里感激！回到所里，经过一番认真思索，他很快写了一封回信，有三点内容：第一，我国一贯重视发展与世界各国科学家之间的学术交流和友好关系，因此，我感谢主席先生的盛情邀请；第二，世界上只有一个中国，就是中华人民共和国，台湾是中国不可分割的一个省，而目前台湾占据着国际数学联合会的席位，因此，我不能参加；第三，如果驱逐了台湾代表，我可以考虑出席。

周明认为，陈景润的回复，在那个年代不仅有原则而且比较圆满，简直出乎意料。他绝不像外界传说的那样"傻"、那样"痴"。他注意到，饱经沧桑的诗人徐迟当即被陈景润打动了。徐迟动情地对周明悄声说："他多可爱，我爱上他了！就写他了。"

斗室的"秘密"

当晚，周明直奔东总布胡同 46 号张光年家，当面向这位时任《人民文学》主编的著名诗人述说了采访的所见所闻和感受。张老饶有兴味地听着，还不时提问，最后斩钉截铁地说："好哇！就写陈景润，不要动摇。这样的知识分子为什么不可以进入文学画廊？你转告徐迟同志，我相信他会写出一篇精彩的报告文学，就在明年 1 月号《人民文学》发表。"

为了写好这篇报告文学，徐迟当天就住进位于中关村的中科院一家招待所，先从外围进行深入采访，并作大量调查研究，白天黑夜都排满了采访日程。有讲陈景润好的，也有对陈景润有看法的，理由是这个人只"专"不"红"。对正反两方面意见，徐迟都认真倾听。他说："这样才能做到客观地、全面地判断。"

写好这篇报告文学，最关键的是如何深入到这位数学怪才的内心世界。为了解陈景润的专业，时已年过花甲的诗人徐迟买了一本马克思的《数学手稿》，逐字逐句"啃"，他还先后阅读了《中国古代数学史》，华罗庚的名著《堆垒素数论》《数论导引》等。花工夫最多的，则是"啃"陈景润的学术论文。周明问："好懂吗？"徐迟摇摇头说："不好懂，但是要写这个人必须对他的学术成就了解一二。虽然对于数学，不能叫都懂，但对数学家本人总可以读懂。"

徐迟在中科院数学所采访长达一周多，和陈景润建立了密切关系，甚至到了无话不谈的地步。他几次对陈景润提出想到他居住和演算的斗室去看看，但陈景润总是顾左右而言他，丝毫不回应。徐迟认为，如果不看看这间小屋，势必缺少对他攻关的环境氛围的直接感受，那该多遗憾。

在那间六平方米的小屋，陈景润成功地完成了"1+2"的研究。多年来，虽然他极力躲在他的数学世界里，但是他却目睹了政治运动的每一次潮起潮落，目睹了他认识的和不认识的人的命运的大起大落。在那个特殊的年代，他能在令人眼花缭乱的数字世界里游刃有余，却不能理解这个风云莫测的社会。害怕命运的大起大落，陈景润别无所求，只求一份能畅游数学世界的安宁，成了世俗中的"怪人"。

"我们是搞'阴谋诡计'才进入陈景润那间六平方米的小屋的。"周明风趣地回忆道。有一天，周明和徐迟、李尚杰三人一同上楼。临近陈景润房间时，李尚杰去敲门，先进屋。周明和徐迟静悄悄待在室外谛听室内响动，过了十分钟后也去敲门，表示找李尚杰有急事。陈景润还未反应过来，李尚杰就抢先开了门。周明和徐迟迅速一步跨进了屋内。陈景润只得不好意思地说："请坐、请坐。"

对当时室内的情景，周明至今记忆犹新。哪里有坐的地方呀！环顾四周，室内只有一张单人床、一张简陋的办公桌和一把椅子。墙角放了两个鼓鼓囊囊的麻袋，一个装的是他要换洗的衣服，另一个全是计算题手稿和废纸。办公桌上除了常用的一小片地方，其余桌面上落满了灰尘。漫谈式聊天采访了解到，陈景润有时不用桌子，习惯将床板的一角褥子撩起，坐个小板凳趴在床上思考和演算。那真艰苦呀！冬天怎么写字演算？寒冬的室内没有暖气，这个陋室能待下去吗？原来，他索性穿一双厚厚的棉鞋，晚上一直不脱，就着领导给他的一个 100 瓦的大灯泡，一边演算，同时也取暖。以至于到了天寒地冻的时节，大灯泡取暖不起作用了，墨水瓶都结冰冻实了，他就拿铅笔演算。这，就是这位数学怪才的生活环境！

徐迟的激情迸发了："我不懂科学，但我懂得人，懂得科学家的为人，也就可以写一点科学了。"徐迟以诗人的心灵，与不为外人所知的数学王国相通了。

周明回忆，徐迟一个星期采访，一个星期写作，一个星期修改，一个星期发稿。徐迟修改好稿件，周明立即送交给张光年审阅，老诗人看后连声叫好。

1978 年 1 月，《人民文学》以醒目的标题，在头条刊发了徐迟创作的《哥德巴赫猜想》。这篇报告文学把一个"畸形人""怪人"还原成了一个正常人，在塑造科学家形象方面走在了时代前列，成为中国文学史上一部里程碑式的作品。一时间，人们口口相传，各大城市街头，出现了一幕罕见的景象：许多人一大早就在邮政报刊零售门市部和零售亭前排起了长龙，为的是能买到刚出版的一期《人民文学》。

（《作家文摘》2018 年总第 2105 期，摘自《文史春秋》2017 年第 12 期）

第四章

无多岁月已沧桑

我觉得老年人都是宝贝

·郑重口述，李怀宇采访整理·

《文汇报》资深记者郑重先生在"文革"期间与许多画家、学者成了患难之交，更与谢稚柳、唐云、来楚生、张大壮、刘旦宅等人成为挚友。"和文化学者打交道，只是我自己的爱好。除了我的采访对象，我平时交往的就是这么一批人。我年轻的时候喜爱尊重老年人，我觉得老年人都是宝贝。俞平伯的道德修养，哪里找去啊？顾颉刚有点锋芒毕露，启功先生倒圆滑一点，但很有风趣。夏承焘的词学研究，冯友兰那种学问，朱光潜那种与世无争，那种大度，都找不到了。"

落难时结缘

"文化大革命"时，我是逍遥派，这些老画家都变成牛鬼蛇神，原来我跟他们认识，但不熟。我不会画画，但心里有这种爱好，这些老画家最困难的时候，我就和他们在一起玩。他们在牛棚里，我去访问他们。像谢稚柳在扫楼梯，我帮他扫楼梯，跟他聊天。批林批孔的时候批判唐云是"复辟"的老头子，没人敢让他回家，我陪他回家，他是酒仙，我就陪他喝酒。我又不会喝酒，喝了酒他就到楼上去了，给我画画。

我在这样的情况下跟他们玩。"文革"时他们都被关在上海博物馆，我跟他们接触以后，博物馆管文教的工宣队就向《文汇报》社告状："你们这个郑重，一天到晚专门找我们的牛鬼蛇神。"我们工宣队也找我谈："你怎么不务正业，专门找这些人采访干什么？"我说："我是记者，要了解情况。"因为当时张春桥规定工宣队不能管业务，只能管运动，他们没有权力管记者的。我就利用这个情况去接触这些老画家，还收集他们的诗词，像谢稚柳的《鱼饮诗稿》。我们每个礼拜四到车间劳动，我学会排字，就把他的诗稿一个字一个字排好印了用订书机订起来。他到处送老朋友，几十个人跟他一起唱和。

那时候刘旦宅已经被打成"反革命"了，我还是照常去看他。因为我是农民的孩子，又没有历史问题，没有任何政治错误。我又是入党很早的人。《文汇报》都知道我玩画，那时候包括一些老干部欢喜的，就让我为他去向画家讨画。那些老先生确实对我都好，有一天晚上，谢稚柳先生拿出几个卷子来叫我看，我知道他想送一个卷子给我，我说："这张蛮好。"他说："这张你拿走吧。"当时都已经是这样的关系，你给他做一点事情，他就高兴得不得了。后来我跟谢稚柳谈怎么样鉴定，那时候没有录音，我就把他的谈话写了两三万字的文章，送到排字车间去排字，第二天早上一上班，就看到我写的手稿及排出来的毛样贴在布告栏里，写了按语："试问这样的文章能发表吗？"可是到晚上，原稿和排的样本不翼而飞了，领导也没有批评我。我就产生一个相反的想法：这玩意儿还有人欢喜，说明我这个东西还行，所以还继续和他们交往下去。

那时候那些老画家的生活都很困难的。唐云家在曹家渡，我请他吃顿饭一块六毛钱还是几块钱，他吃得很开心。我那时候也没有钱，我老婆来了上海以后，我请唐云到家里来吃饭，一间小屋，他照样来。吃过饭了就画画，他给我女儿画了一张画，画个麻雀。谢稚柳关在家里，想去莘庄梅园看梅花，我有个朋友在医院的，会开汽车。我说："你能不能开着汽车，咱们到莘庄观梅去。"看了一天梅花，谢先生开心得不得了。谢先生回来以后，拿了一些画给我那朋友，说："你挑吧。"那朋友说："我要它干吗，我不要。"后来他后悔："谢先生拿了这么多画给我挑，我一张没要，不知道现在这么值钱啊。"

后来画家凡是有什么困难的都来找我。我帮助他们到药厂弄药，陪他们在医院看病。尼克松来访华前后，文化有点松动，我就趁机出了一版上海画家的画。后来要批黑画了，我知道要批哪些人，就赶紧给他们通风报信，我告诉刘旦宅："你的画赶快收起来，马上要批黑画了。"

这些老先生都不得了。我很尊敬他们，有学问，人品真好。一个个没有鸡肠狗肚的事，都很大气。我很多学问就是从那时候学的。比如谢稚柳跟我讲某张画、某某人，我根本听不懂。

我回来就赶快查书。过几天我再去他那儿，跟他聊天，就可以把话接上了。谢先生讲："郑重还懂一点嘛。"老先生们一个个都像神仙一样。唐先生那种潇洒，谢先生那种学问，来楚生那种耿直，陈佩秋的艺术精益求精，心地善良，刘旦宅的执着、疾恶如仇。我跟他们在一起玩，回来以后我就自己下功夫去读书、研究。

品评人物不能脱离时代

我见到的那些画家，当时他们都六十岁左右，大概都比我大三十岁，都很成熟了。中华人民共和国前期，他们的画的风格出来了，比较稳定，也有锐气、灵气。

但政治运动对这些画家的伤害非常大。家里的纸张都没有，谢稚柳先生家就只有一个圆桌子吃饭。在草纸上面作画，没有纸的，抄家很厉害。唐云好一点，家里虽然抄家了，但纸张还有。谢先生"文革"在家里还在悄悄地作画、写字。艺术真的变成了他们的生命，这些人都非常超脱。

还有一个张大壮，有六朝人物那种仙气。有一次巴金带着茅盾来看他，我到他家去，他说："他俩来看我，我装病躺在床上，没跟他们多说话。"茅盾是他舅舅章太炎的学生。

他们的脑子里没有什么政治的观念，尽管叫他去学习、发言什么的，他下面生活完全是另外一套，对政治之类的东西，他们都是应酬。上面讲那一套，他们就不放在心里。他们有他们的生活规律。叶浅予来上海，谢稚柳请叶浅予吃饭，都是老规老矩的。任何朋友来，谢先生要走到门口拱手相送。

一次，俞平伯给我写了毛主席诗词，我说："平老，我不要毛主席的诗词，你写你自己的诗。"他说："你别害我。"我说："我怎么能害你呢？我又不会揭发你。"他说："好，你过两天来拿。"后来他给我写了一幅。你坐在他旁边，跟他聊天，感到很舒服。他很天真，外面的世界就不知道。冬天，他穿一只袜子，去香港讲学，因飞机晚点滞留在宾馆里，连一只袜子也没有了，我们到处给他找袜子，就是这么一个平和的老爷子。我跟张伯驹很熟。张伯驹给我题了好多画。有一次我拿着谢稚柳的一个卷子请张伯驹题，张伯驹打开一看："嗯，谢稚柳的。"我马上叫潘素："你过来看，这个是稚柳的东西。"他们都是朋友啊。我跟顾颉刚及他的家人也很熟。我到他家里去，叫他题个卷子，第二天他进医院了，他女儿打电话说："不能给你题了，进医院了。"自那以后没出来。一直到他逝世，我去北京医院太平间为他送行。

我原来想做一本《顾颉刚传》的，后来有人写，我就放弃了。后来朱维铮专门挑他日记的毛病，说他给蒋介石祝寿，我对朱维铮说："那是什么时代，你对人物的评论不能脱离时代！"

（《作家文摘》2014年总第1707期，摘自2014年1月23日《时代周报》）

我所了解的金默玉

· 沙兰 ·

金默玉是晚清肃亲王善耆十七女，是最小的女儿，名为爱新觉罗·显琦，与第十四女川岛芳子（爱新觉罗·显玗）同为第四侧妃所生，1918 年生于旅顺。1958 年 2 月金默玉突然从家中被带走，开始了十五年的牢狱生活，其唯一的罪名是肃亲王女儿、特务川岛芳子的妹妹。1973 年刑满释放。1979 年她给邓小平写信，要求得到一份工作。很快得到了回复，她成了北京市文史馆馆员，真正成为一位普通的北京市民。

笔者为肃亲王第九女金显玖的养女（金显玖是金默玉同父异母的姐姐），由此，才有了这份亲缘关系。

我走进了她的生活

1986 年夏天，我和丈夫还有小女儿从上海来北京，打听到并打通了金默玉的电话。她在电话中直接就说：我知道你，知道九姐嫁给了蒙古王爷。还说愿意见我。

当时，金默玉住在政法大学东侧一栋居民楼的底层，不大的两居室。她热情爽朗地接待了我们。家里还有一位穿着简朴，像个管家一样的老头儿，是她的丈夫老施。金默玉说："我九姐出嫁时我还在日本上学，这么多年我已经没有什么亲情往来，是一个一无所有的人了。"

1989 年，我的小女儿到北京读书，又和金默玉有了来往。1992 年，金默玉要送我小女儿去日本读书，一切手续办得都很顺利，我们心中充满对金默玉的感激。正在这时，老施胆病复发，需要住院治疗，我便留在北京照顾金默玉。就这样，我走进了她的生活。

金默玉生活很随意

金默玉是个很随意的人，也不注重什么保养和锻炼。她平时就穿着睡衣半坐在床上不起来，看书写字就依在腿上。她每天吃什么都由老施打理，老施对金默玉既了解又体贴。

只要有外事活动，金默玉马上就爬起来，擦擦脸，上点儿淡妆，穿上白西装，蹬上皮鞋，简直就像变了一个人。

金默玉给我讲她那些年所经历的事情，就像讲平常故事一样，没有悲凄和怨恨，一切都如同过眼云烟。1949年中华人民共和国后，她诚心诚意地要做个好市民，当个街道积极分子。她跟着大家清理垃圾，到厕所里翻砖头、挖虫蛹，什么都干，可她的身份就是不能改变。

说到婚姻，金默玉也很淡然。1954年她嫁给了马万里。马万里是国内很有名气的花鸟画家，因婚姻破裂，当时住在女儿家，连个睡觉的地方都没有，一度心灰意懒想走上绝路，遇到金默玉后常到她那里闲坐。金默玉很同情他，就这样两个人走到了一起。婚礼很简单，喜帖是老马自己写的，她穿的旗袍是借来的。那年她三十六岁。这是她的第一次婚姻。

第二次婚姻

厄运很快就来了。1958年离过春节还有五天，金默玉突然从家里被带走了。为了不牵连丈夫，她主动提出离婚，决定独自度过漫长的刑期，从此再没有一个人来看过她。

金默玉于1973年刑满释放，没有家，没有去处，只能听从安排去了天津茶淀农场就业，成了一名农场工人。在茶淀农场，她和工人们用大铁锹挖冻土、绑葡萄架，手都磨出了血，活儿比在监狱还要重。当时她最大的愿望是在农场能分到一间属于自己的房子。农场管理人员给她出主意：只有结婚才能分到房子。农场的人给她介绍了一个说北方话的上海人，姓施，是个电工，人本分还有技术，金默玉答应见面。几次接触后，他送金默玉一把自制的小铁锹，挖起土来省力多了。就这样，他们在农场办理了结婚手续，分到了一间储藏室，总算有了个安身之处。

1976 年，金默玉跟丈夫回上海探亲，她为婆母干家务，从外面提来大桶的水，刷地板、洗衣被。老太太高兴得逢人就夸：我儿媳妇是"皇族"，人家知书达理，又能干活儿，又孝顺。

我是中国人，为什么要去日本

金默玉作为"皇族"，她没有过上王府鼎盛时期的奢华生活，也没有得到多少家族的呵护。父亲善耆的家产几乎被骗光，也没实现他的复辟梦想，终日郁闷成疾，病逝旅顺。棺椁运回北京，她年龄最小，没有随行。她只听说，当时的北京虽已经改朝换代，但父亲仍以亲王的规格殡葬，车马仪仗排满了整条街道。

谈到我的母亲时，她说："在旅顺时，我时常跟九姐在一起，她陪我玩儿，还给我养过一只小鸟，给我做布娃娃。后来我去日本上学，知道九姐嫁给了蒙古王爷，她还给我寄过照片。我忘不了九姐对我的好，所以我愿意见你们。你们有蒙古人的淳朴和大气，孩子们也有教养，我喜欢。"

　　关于金默玉为什么不选择去日本定居，她回答得也很坚决："我是中国人，为什么要去日本定居？在日本人眼里我是爱新觉罗的后代，是有身份的人，我为什么要去日本过寄人篱下的日子呢？现在，我只想发挥自己的一技之长，为国家做点儿事情。"

　　（《作家文摘》2014 年总第 1772 期，摘自《文史精华》2014 年 5 月［上］）

张伯驹的海棠

· 戴维 ·

　　2016 年嘉德秋拍，五十余封张伯驹与杨绍箕的信件，让杨先生回想起三四十年前那段案头时光。

　　初见杨先生是在去年初的多伦多，大雪，很冷。记得那天杨先生带了一轴画，是张伯老的兰花中堂。左撇兰已然稀见，如此大幅更是难得，满幅墨香，风雅极了。伯老自题："风蕙。壬辰冬，张伯驹。"壬辰是 1952 年，正是那年，伯老将《展子虔游春图》让给故宫博物院。"这是张伯老自己最爱的左撇兰，'文革'中被抄去了，后来退赔回来。"杨先生依然记得"文革"后（大概是 1979 年）张伯老写了封信，让他带着这簇兰花去找俞平伯。俞先生看了伯老的信，就说了一句话："那你一个礼拜后再来拿吧。"旋即转身又进书房去了。那时的文人似乎都不太爱说话，学问都深埋在肚子里。一个礼拜后再去，一首精雅的七绝题好了，一切都是那么妥帖："空谷飘香静者妍，光风苹转自年年。珍留词彦萧疏笔，绨锦重题亦胜缘。""文革"后的北京词坛，词客星散，倚声微渺，咫尺之间是难得见到的老词家之间的鱼雁和唱。

杨先生最早是经天津京剧名票丛鸿逵介绍初见张伯老。那是 1959 年，当年他是个十八岁的高中生，醉心京剧的"戏迷"，仰慕伯老的晚生。杨先生的祖父杨增新是民国时期的新疆督军，赫赫有名的"新疆王"，主政新疆十七年。张伯老的过继父亲张镇芳当年则为河南督军，所以两人称得上有同袍之谊。"当时我就是一门心思想跟伯老学戏，但是伯老让我先学诗词。"杨先生记得伯老让他读的第一本书就是《广事类赋》，那是要让他先通典故。

多伦多匆匆一别，我们相约半年后夏天再见。临行前杨先生送我一本他的诗集《悔堂诗剩》，其中第三篇写的就是张伯老："（丛碧世丈自榆塞还京，车过津门，亟谒之，坚执余手，相对默然。）鼙鼓声中一老来，衣尘未扫梦云开。万千涕泪无从堕，三两头颅似可哀。座上诗分秋影瘦，烛边思逐夜风回。相逢隔世疑相识，冷月遥呼证浅杯。"这是 1970 年，在地下室关了两年的张伯老终于被放了出来，但是等着他的，是随即被安排去农村插队落户。那年 3 月，张伯老和夫人潘素被送往吉林省舒兰县朝阳公社双安大队第三生产队插队。然而命运在历史的幽暗处竟如此令人琢磨不透，当地以不合插队规定，拒收落户，一个叫高思庆的党支部书记把两位老人送上回北京的火车。车过天津，杨先生赶去火车站见伯老。那天伯老穿着一件还带小水獭领子的皮大衣，斜挎着一个小军用书包——旧传统与新时代如此诡谲地杂糅在一起。杨先生记得张伯老在站台上拉着他的手，反复地说："恍若隔世，恍若隔世。"之后就再也没有其他话了。"万千涕泪无从堕，三两头颅似可哀。"讲到这段杨先生在电话那头随即吟出这句。毕竟是自己的诗，那晚的凄风苦雨，那段的恍若隔世，那三两头颅的旧影，杨先生说这句在当时天津的词人圈子里传诵很久，我想都是感同身受。

回到北京的张伯老连户口都没有，成了黑人黑户，还是银锭桥旁的那个小院，可是房子已被四户人家占去了好几间，只剩下两间给老两口住。这时的张伯老局促、黯然、无计可施。

1949年初的他还可以撇几笔兰花以遣遗民心志，此时的他已无所依托、没着没落。为陈毅写就的挽联在追悼会上被毛主席看见、旋即被调入中央文史馆的经典故事还要等到1972年初才会发生。而在此之前的这段时光真就是张伯老一生最为难过的黯淡岁月。杨先生1971年有首七律："（辗转入都，宿碧丈银锭桥故居，感赋。）局促城南五尺天，舻棱残影接华巅。一灯万里归摇梦，四壁千疮补学禅。伤足且歌桑海外，视身都在有无前。黄金买得花间老，舞袖平生避绮筵。"杨先生说那年他费了好大劲儿进北京去看伯老，看到伯老每天都念好多遍"阿弥陀佛"，还默默地把念的遍数都记在月份牌上。"四壁千疮补学禅"，正是杨先生那年见到的张伯老。那晚，杨先生与张伯老挤在一间房里，张夫人亲自帮他钉被子。

与杨先生再见已是去年夏天。杨先生拿出一轴伯老乙未年（1979年）的书法，写词八阕，鸟羽小字，迥然出尘。这已是"文革"后的伯老，相对轻松了许多，写那年清明后去天津看海棠，

"大雪春寒，花未做蕊"，回到北京后家中刚好丁香开放，未见海棠而见丁香，遂有词作。伯老一生爱海棠。九岁时候，随父亲住在天津长芦都转署，对海棠一见钟情，这是伯老的性情。三十岁后，居西城丛碧山房，有海棠七株。曾经见过一张伯老当时的照片，拿着一卷诗书留影于盛开的海棠树下。当年何等的英气少年，"只替春愁不自愁"。卢沟桥事变后，伯老去西安避居关中，后回北京在极乐寺看到海棠，当即吟出名句："只今倾城倾国事，不是名花与美人。"后来伯老住在燕大附近的展春园，更是有二十多株海棠。"值雨流光红湿，一片迷蒙"。一直到1956年搬去银锭桥南，邻居是昔日旧友刘紫铭，刘家有海棠两株，盛开时伯老亦每日必去，流连忘返。

20世纪70年代的伯老则几乎年年都去天津看海棠，天津人民公园，以前的李善人花园里有海棠几十株，逢花季娉婷万态。那是伯老去天津文聚的主要目的。在1974年的《小秦王》一词词尾，伯老补记："天津故李氏园海棠成林，每岁皆与津词家联吟其下。风来落英满地，如铺锦茵，余愿长眠于此，亦海棠癫也。"对伯老来说，每年去天津看海棠，是怅惘的回望，也是岁月的念想。

杨先生回忆说，其实后来伯老有了白内障，看海棠并不清楚，伯老每借杜少陵"老年花似雾中看"句自嘲。1973年伯老也特别把年内得词百余阕，集成《雾中词》。伯老在自序中说："余则以为人生万事无不在雾中，故不止花也。余之一生所见山川壮丽，人物风流，骏马名花，法书宝绘，如烟云过眼，回头视之果何在哉，而不知当时皆在雾中也。"

1980 年的天津之行，是伯老最后一次沽门赏海棠。伯老在友人的簇拥下，拄着拐杖站在怒放的海棠树下。第二年，杨先生赴京与伯老匆匆告别后，南走香港。1980 年的海棠芳草，成了他们一起最后的春游。

（《作家文摘》2016 年总第 1988 期，摘自 2016 年 11 月 5 日《北京晚报》）

大爷于右任：爱自由如发妻

·于媛口述，密斯赵整理·

1949 年于右任赴台后，其夫人高仲林、女儿于芝秀与其弟于孝先一家寓居于西安老城区书院门 52 号。于孝先的孙女于媛女士曾与高氏母女在一起生活了十年，她说："大婆和姑妈相依为命，先后在老宅辞世，都没有再见着过大爷（其伯祖于右任）。每每提起他，她们只有思念，无怨无悔。"

舍粥一见钟情

大爷于右任和大婆高仲林是老乡。两人初识那年，大爷十八岁，大婆十七岁。那时大爷已经是小有名气的"西北才子"了，那年陕西正逢自然灾害，很多乡民都吃不上饭。一些大户人家做慈善为乡民"舍粥"。大爷家境贫寒无粥可施，便自告

250

奋勇出力舀粥派粥，不料竟得以结识另一名来做义工的年轻姑娘。这位长相圆润周正、手脚麻利勤快的姑娘就是我的大婆高仲林。他俩就这么一见钟情了。

大爷与大婆心意相通、缘分殊胜，但他与其父母的缘分却较浅。他刚满两岁时，生母赵氏便去世了。当时父亲于新三尚在四川打工，所以大爷是由其二伯母房太夫人抚养长大的。房太夫人很看重高仲林的人品，同意于右任娶其为妻。大爷大婆婚后次年添了一个女儿，便是我姑妈于芝秀。哪知姑妈刚满周岁，大爷就因写诗句"女权滥用千秋戒，香粉不应再误人"得罪了慈禧，全家只得南下逃亡，从此便开始了居无定所的生活。

1900 年，八国联军攻占北京，慈禧太后和光绪皇帝逃至西安。大爷为抗议清廷卑躬屈膝的行径，故意散开辫子，照了一张披头散发的照片以明心志，背景是他自己写的对子："换太平以颈血，爱自由如发妻。"家国情怀，可见一斑。

家里变成"避难所"

1910 年年尾到 1911 年年初的一个周末，大爷随友人来到苏州，正赶上当地一大户人家的小姐在抛绣球招亲。小姐姓黄，名仁爱，是个受过良好教育的大家闺秀。黄仁爱以诗句出题，欲寻觅一个能和她产生精神共鸣的才子。那时大爷刚三十而立，才貌不凡。大爷游兴正浓，便欣然前往，不料真的就此俘获了黄家小姐的芳心。于是黄仁爱便抛下绣球，正中于右任的怀中。

于是，黄仁爱便跟着大爷到了上海，定居静安寺路（现南京西路）并生下一子，取名于望德。大爷将此事告知大婆后，大婆欣然接受，并为于家有了子嗣而高兴。1912年，已是民国初年，局势稍稍稳定。于是，大婆就带着姑妈到了上海，与大爷和黄氏母子共同生活了一段时间。

民国初的十几年，是大爷事业上一个十分重要的阶段。除了继续办报办学校，他还在政治上有所作为。因为与冯玉祥、刘觉民等一起解西安之围有功，他被任命为驻陕总司令兼任国民政府审计院院长和监察院院长职务。

大爷当监察院院长时，黄夫人对共产党人十分同情，高仲林夫人对被捕在押的共产党人亦同情照顾。事实上，大爷在上海的寓所早已成为一些进步人士的"避难所"。

1928年，黄仁爱在上海病逝。之后，大婆带着姑妈于芝秀和大伯于望德住回了三原老家。

亲自挑选乘龙快婿屈武

韶华流逝，不知不觉，姑妈于芝秀已经长成了一个大姑娘。和天下所有的父亲一样，大爷开始着手寻觅佳婿。姑父屈武是大爷亲自为姑妈挑选的。

屈武是陕西渭南人，与姑妈同龄，都是1898年生。和大爷一样，屈武也是少年便声名在外。五四运动那会儿，他作为陕西学生代表赴北京声援学生运动，向当时的总统徐世昌请愿称："如不答应学生的要求，我们以死力争！"说罢以头抢地，血流如注。大爷十分赞赏这名年轻人，不但介绍他面见孙中山以投身民主革命，还有意将其收为半子。

姑妈从小接受新式教育，思想上亦追求进步。这个宁死不屈的才子令她钦慕，便遂父愿于 1922 年 4 月和屈武结为夫妇。

1926 年屈武当选为国民党中央候补执行委员。早在一年前，他其实就已经成为共产党员了。大爷很支持姑父的政治信仰，支持他去莫斯科中山大学留学。邓小平、蒋经国等人都是屈武留苏期间的同班同学。

1930 年 4 月屈武毕业，正遇上苏联党内进行"大清洗"，许多老布尔什维克蒙冤被批，屈武因为在思想上同情他们，结果被联共（布）当局扣上了"违犯军纪"等罪名，中断了他同党组织的联系，并将他发配到北冰洋岸边的一座小城服苦役。一直到抗日战争爆发后，大爷才通过中国驻苏大使馆向苏方交涉，将屈武从流放地送回莫斯科。1938 年秋，姑父一家终于回国。姑父被派去重庆工作，姑妈和表哥回三原老家和大婆一起生活。

白头夫妇白头泪

大爷的最后一位夫人名叫沈建华，是重庆美丰银行行长康心如的养女。康心如经历与大爷颇为相似，他当上美丰银行行长后，大力支持民主革命和进步人士。毛泽东、周恩来等人去重庆，也都住在他家里。

得知大爷要到重庆工作，康心如便盛情邀请他住在康宅，并指定养女沈建华照顾大爷的日常起居，两人日久生情。于是，沈建华就跟着大爷去了上海，两人成婚后，沈建华于1939年在重庆诞下一子。此子便是我最小的堂叔于中令。

然而世事难料，大婆和沈建华都没想到大爷去台湾后此生竟不得再见。大婆是一直等大爷到死，沈建华在20世纪50年代就改嫁了。

大爷人在台北，心里却一直惦记着大婆他们。只要有机会，大爷就会托人给大婆和姑妈捎钱。

1958年是大爷大婆结婚六十周年。大爷取出大婆寄来的布鞋布袜，抚摩良久，终难掩心头悲切，含泪写下了《忆内子高仲林》一诗：

两界河山一支箫，凄风吹断咸阳桥。白头夫妇白头泪，留待金婚第一宵。

1964年11月，大爷在台北辞世，终年八十六岁。大婆和姑妈则是在20世纪70年代初相继去世的。三人至死都没再见过一面。

按照他生前"葬我于高山之上兮，望我故乡"的遗愿，大爷被安葬在台北大屯山（阳明山主峰）山顶。墓碑上刻着"监察院院长于公右任之墓"，正对着西北方向。

（《作家文摘》2017年总第2051期，摘自《名人传记》2017年第7期）

我的四姨婆曹诚英

·胡恩金口述，曹立先整理·

曹诚英是我的四姨奶奶，按照安徽绩溪翚岭以北乡镇的习惯称呼，称之为四姨婆。我和她相识于 1946 年，最后一次见面是 1964 年，其间多有交往且互通书信。

上海相识

抗战胜利后的第二年，即 1946 年的一天，听家人说父亲的四姨曹诚英要从重庆来上海，那年我刚十岁，还在小学读书。没过几天，我家来了一位身材修长，容貌秀丽，脑后盘个发髻，说得一口江南普通话的中年女士。父亲介绍，这就是四姨婆曹诚英。抗战时期，她在迁至重庆的复旦农学院任教。抗战胜利，又随复旦农学院迁回上海。她举止端庄文静，和蔼可亲，在我心中留下了深刻印象。在我家住了几天，四姨婆就去上海江湾的复旦农学院教书了。

以后几年，每到寒暑假四姨婆都要到我家小住。按辈分我父亲是她的外甥，但实际上只小她四岁，又是美国康奈尔大学的校友，一见面就有说不完的话，而且每次都是用徽州话交谈。

四姨婆在复旦大学期间，有时周末我也去看她。四姨婆还请了一位绩溪小同乡照顾生活，她也就十六七岁。有一次我去的时候正好四姨婆不在，小同乡拉我进卧室，掀开枕头，从底下拿出一个镀金的心形项链吊坠，打开吊坠盒，发现里面有一张男人的照片，告之是胡适，并说这是四姨婆最宝贵的东西，天天陪伴她。

四姨婆走上讲台是一位博才多学的教授，回到家里是个勤劳能干的普通徽州妇女，她会做家务、针线活。我在她身边也渐渐学会了洗菜、做饭等活计。她爱好文学，每天有空就读书学习、写诗词，中华人民共和国前就在一些刊物上发表过诗词文章，也常常给我讲古今名著中的故事；她喜欢打桥牌，具有相当的水准，曾教过我几次，可惜我没学会；她带我去复旦大学试验田，看她的试验成果，饶有兴趣地畅谈栽培的小麦和马铃薯等农作物。

沈阳创业

在我的记忆中，四姨婆的身体一直不太好。她有肚子疼的毛病，发作起来很厉害，有时一天发病几次。每次都是喝下一杯热牛奶，用热水袋敷肚子，待打出几个嗝后，疼痛才慢慢缓解。四姨婆平时生活非常节约，省吃俭用，牛奶是她最高级的营养品。

1952 年，全国高等学校进行大规模院系调整。教育部决定复旦大学农学院除茶叶专修科外全部迁到沈阳，与东北农学院的部分专业合并成立沈阳农学院。本来根据四姨婆的身体情况可以得到留校照顾，但她不顾自己体弱多病，毅然服从组织安排，告别久居的上海，随院北上，到气候严寒、生活条件艰苦的沈阳创业。

在沈阳，有的教授不能适应那里的气候和环境，允许调回上海。而体质薄弱的四姨婆意志坚定，克服困难，坚持工作在教学第一线，结合教学内容开展马铃薯的选种、栽培研究，并获得成功。1954 年，她在试验田里播种的马铃薯亩产达到 2163 公斤，而当时传统种植的马铃薯平均亩产仅为 605 公斤。鉴于她突出的政治表现和优异的工作成绩，1956 年当选为沈阳市政协委员。

四姨婆一生坎坷，爱情婚姻又不顺。虽有才华，却未能很好施展，理想和抱负难以实现，心情郁郁寡欢。而我家兄弟姐妹多，重男轻女传统观念浓厚。四姨婆见我文静、遇事不争，比较讨人喜欢，就跟我亲近起来，甚至想带我去沈阳读书上学，与她生活在一起，互相有个照顾。那会儿，我虽在家里是个可有可无的人，可真要离开家时，却又舍不得，最终没有跟她去沈阳。

春节相聚

1955 年，我高中毕业后考入哈尔滨外语学院（现黑龙江大学外语系）。每当假期不回家或回上海路过时，我就去沈阳看望四姨婆。每次相见我们祖孙俩备感亲切，有说不完的话，叙不尽的情。在这个时期，四姨婆教我如何做衣服，亲手替我裁剪，手把手教我缝纫，为我制成一套睡衣。

1956年寒假，我和男朋友陈德宏去沈阳与四姨婆一起过春节。沈阳农学院的家属宿舍分甲、乙、丙三种，四姨婆住的甲种最好，是一幢小楼，楼的周边是花园，门前有一小块地，种了一些植物。她房间的席梦思床、两用沙发和写字台的座椅都是从上海带来的，略显陈旧，书架上的书也不多。

那可真是一个难忘的快乐节日。四姨婆家里特别热闹，不仅有沈阳农学院的师生，还有从上海来的学生，带着爱人孩子，约好了一起过年。那天四姨婆穿了一件自己裁剪缝纫的藏蓝色士林布中式上装，流露出喜悦的神情，我穿了一件花布短棉袄紧紧靠着她。中午吃饭时，四姨婆风趣地说："我这里是个祖孙三代，子孙满堂，其乐融融的大家庭！"饭后，大家在楼前合影，我、陈德宏和四姨婆也单独合影留念。

1959年2月，我回上海过年，中途下车去沈阳看四姨婆。她得知我准备毕业后结婚，就送给我一张价值二十四元的全年邮政有奖储蓄单，作为结婚礼物。

1962年，恰逢四姨婆六十周岁生日。她写信告诉我，学院农学系的师生们为她精心组织了祝寿活动，张克威院长亲自祝酒。随信还寄来了照片，背面写着参加生日家宴的人员名单，时间是1962年3月3日。四姨婆在信中感言："度过了她一生中最隆重的一个生日。"

最后一面

1964 年，我回上海探亲，得知四姨婆也在上海，住在她同学家。我就和哥哥一起去看望，四姨婆告诫我们要接受批评教育，好好改造自己。哪想，这竟是我和她的最后一次见面。

"文革"开始，父亲被抓去劳改后，家里断了经济来源。继母曾告诉我，在我家遭难后，四姨婆给了家里很大帮助，在生活上经常接济继母。

由于四姨婆曾同胡适有过一段恋情，在"文革"中深受折磨。1969 年，四姨婆离开沈阳，孤身一人回到绩溪县城居住。由于身患多种疾病，她需要去上海的大医院就医，经常往返于上海和绩溪两地。在她住院期间，继母和小妹曾到医院探望。每次相见，四姨婆总是深情地回忆起与胡适的一些交往，言语中流露出对胡适的风度和才华的无比钦佩，并坦言所结识的人之中，没有一个能超越胡适。

（《作家文摘》2017 年总第 2099 期，摘自《老照片》第 115 辑，冯克力编，山东画报出版社 2017 年 10 月出版）

海子：怎样握住一颗眼泪

·李青松·

没有底气没有自信

我跟海子接触有四年时间。因之诗社和诗。

1983 年 9 月，我入中国政法大学时，海子也入政法大学。不过，我当时的身份是学生，海子的身份是教工。

入校后给校刊投稿，就认识了校刊编辑吴霖和海子。海子原名查海生，毕业于北京大学。那个年代，正是校园诗歌盛行时期。在吴霖的鼓动之下，经校团委和校学生会批准，我发起成立了中国政法大学诗社。我被任命为首任社长。同时，我们还创办了一本诗刊《星尘》。我任主编。在我的建议下，吴霖被聘为诗社名誉社长，海子被诗社聘为顾问。也就是从那时起，海子开始用"海子"这个笔名了。

海子生就一张娃娃脸，那时没有多少人注意他。海子生活上过于邋遢，不修边幅，胡子乱蓬蓬的。吴霖是上海人，风流倜傥，满腹经纶，我们都称他吴老师。但对海子从没唤过老师，就叫小查。他的额头和鼻尖总是汗津津的，一副羞涩的样子。当时的海子"一穷二白"，没有底气没有自信。

诗社活动搞得轰轰烈烈——办刊物，举办诗歌朗诵会，搞诗歌讲座，政法大学成为当时高校诗歌重镇。

有一次，我们请某诗人来校讲座，结果，那个诗人因故没来，我就跑到校刊编辑部找吴霖救场，偏巧吴霖不在，就跟海子说："小查，你来救场吧，你讲。"海子说："讲什么啊？"我说："你就讲朦胧诗吧，对付一个多小时就行。"

海子说："不行，临时抱佛脚，我哪有那本事啊！"

我说："今天听讲座的可全是漂亮女生，你不去讲会后悔的。"海子的眼里放出欢喜的光芒。

不过，确实有点难为海子了。那次讲座由我主持，海子都讲了什么，我一句都记不得了。只记得他的额头和鼻尖上浸满了汗珠，讲话的逻辑有些凌乱。然而，我万万没想到的是——就是在那次讲座的现场，他的目光与坐在头排认真听讲的一位女生的目光，倏地碰撞在一起——海子的初恋开始了。

看得出，海子陷得很深。寂寞时，海子经常用手指在桌面上一遍一遍写她的名字。后来，我才知晓，那时海子写的许多诗，其实都是写给她的。

海生、阿米子、小楂

海子当时写作用蘸水钢笔，字体是斜的，有点像雷锋的字体。刊物大样从打字社（那时用四通打字机打字排版）取回来，往往有的版面就会出现五六行或者七八行的空白。我就拿着大样去找海子，让他补白。海子经常是先翻翻外国诗选，找找灵感，就能很快提起蘸水钢笔唰唰把白补上。

在我担任法律系团委宣传部部长期间，团委刊物《共青团员》要出一期文学专刊，由诗社组稿。

我当时激情澎湃，亲自撰写了刊首寄语。吴霖写了一组诗《在远方》，海子写了《我是太阳的儿子》等五首诗。由于海子这五首诗各自都是独立的主题，不能按组诗编发，只能每首单独发——这就带来一个问题：海子的名字就要在同一期刊物上出现五次。这样似乎不妥。我跟海子商量，能不能用不同的笔名，把这五首诗一次发出来。海子说，行啊！能发出来就行。

打字室那边催大样了，刊物出版流程不能再耽搁了。我便自行决定，除了查海生和海子之外，又给他起了另外三个笔名——"海生""阿米子""小楂"。

"海生"——这个简单，查海生三个字去掉一个字。"阿米子"——因为海子喜欢凡·高，在诗中常称其瘦哥哥，我随手就给他起了这个外国名字。"小楂"——也没什么特别的寓意，只是当时我由"查"字联想到山楂树，就在"查"字前面加了木字旁。

事后，海子对这几个笔名也都很认可。

我从来没这么好过

海子似乎没有什么爱好，唯一的爱好可能就是喜欢逛书店。他多半逛的是西四书店或者三联书店。

一个周末，海子在那边猛砸纤维板墙——砰砰砰！——砰砰砰！我以为他又要投稿，可这次却不是。原来，他逛书店刚刚回来，却忘记带钥匙了，门打不开，进不了办公室。

我过去一看——好家伙！一捆书戳在门口，足有二十几本。有哲学书、有文学书。我赶紧帮他把那捆书提进屋里，说，够读一年了吧！他说，有的书也可能压根儿就不看，但必须得买回来，否则心里闹得慌。他解开捆书的绳子，一本一本摆上书架。然后坐到椅子上，举起一杯橙汁，一仰脖儿，咕嘟咕嘟——干了。用手擦了擦嘴角，心满意足。

我也端起海子为我倒上的那杯橙汁，却没有喝。

"你还好吗？"我问。

"不好。"他说。

"怎么啦？"我有些诧异。

"但我从来没有这么好过。"他说。我愣了一下，笑了。咕嘟咕嘟，也喝掉了那杯橙汁。

1987 年，我大学毕业后，就跟海子很少见面了。跟海子见的最后一面，应该是 1988 年秋天了。当时，我回学校去昌平校区看望一位老师。我记得，是在去昌平校区的班车上见到了海子。他当时很疲惫，眼神迷离，好像刚从西藏回来。我们坐在最后一排座位。他告诉我，他已不在校刊编辑部当编辑，而到哲学教研室教自然辩证法课了。

奇怪，我们当时的话题并没有聊到诗，而是别的什么（海子似乎谈到练气功的一些事情）。聊着聊着，话就寡淡了，渐渐就稀疏了，渐渐就没话了。我能感觉到，诗已经离我们远去。

1989 年，春天的某日，从母校中国政法大学传来令人震惊的消息——海子在山海关卧轨自杀了。

我，半晌无语。泪流满面。想起海子的两句诗：

草原尽头我两手空空
悲痛时握不住一颗眼泪

（《作家文摘》2018 年总第 2174 期，摘自《北京文学》2018 年第 10 期）

四姑沅君

·宗璞·

总是怕麻烦别人

冯沅君是我父亲的胞妹，按大排行是我的四姑。许多年来常有人问我，从事创作是不是受了沅君先生的影响，仔细想来，我和四姑的接触较少，很难说有什么影响。

四姑有时开人代会，到北京来。因为总是有事，好像很少在家里住。有一次四姑来，正好报上有我一篇散文，她对我说："你的文章看来很平淡，却有余味。这是不容易的。"又有一次，说起做衣服的事，母亲建议她在北京做一件棉袄，做好了我们可以给她寄去。四姑坚决不同意，她总是怕麻烦别人，哪怕是亲近的人。抗战时期我们在昆明的时候，她到昆明来过，也都是来去匆匆。我已不记得在昆明见过四姑了。

1937 年，四姑和四姑父陆侃如都在燕京大学任教。住在燕园里的天和厂，那房屋现在已经拆掉了。抗战炮火初起，父母把我和小弟送到燕京大学，寄居在四姑家。我们在那儿度过一个暑假，每天在燕园游玩。我们常在临湖轩下面池塘旁的土坡上玩沙土，用沙土造桥、造路、造房屋，有时造出一排小房子。说是小房子，当然是加上想象的，建成了又推倒，很自由。

那时我吃米饭总喜欢拌上白糖，在家里母亲是不允许的，因为这样会影响吃菜。四姑则随我们的意，不加管束。四姑父还把我和小弟轮流抢起来转圈，别的长辈从来没有过。我们很喜欢这个游戏，总是高兴得咯咯笑。四姑和四姑父也笑，我想，这样的情形在他们的生活里不是很多。

20 世纪 70 年代初，我和仲到上海去，回来时路过曲阜，我们去看四姑。那时山东大学搬到曲阜，教师们的生活很简单。住房更可以说是很简陋，四姑照旧过着她简朴的生活。她上午有课，早早地起来备课。我想，那课她已经教了不知多少遍了。四姑父领我们去看孔庙。走到孔庙，大门是锁着的，我们趴在门缝上，里面什么也看不见。不过，总算看见了孔庙的大门和墙。

最后一次大团聚

1972 年尼克松访华后，中美有往来。我家算是开放户，哥哥携他的全家从美国回来，这是分别二十多年后的初次见面。

四姑和四姑父来到北京，还有叔叔一家、七姑一家，在颐和园聚会。这是最后一次大团聚。

1974 年，当时山东大学已经迁到济南。四姑病危，我和姐姐钟琏、堂弟钟广到济南去看望。她已经不能认人，我们叫她，告诉她父亲不能来，很惦记她。我想，她并不知道我们说的是什么，可还是答应。病榻旁边除了四姑父和两个护工以外，还有学生。当时，我和姐姐都很伤感，却无法做一点对她有益的事。在我们回京的路上，四姑去世了。父亲和泪写了唁电。四姑父来信说："沅君的葬礼极备哀荣。"那又有什么用呢。

以后，四姑的学生袁世硕、严蓉仙编辑了《冯沅君创作译文集》，这是四姑在古典文学研究以外的成绩，后来他们又写了《冯沅君传》。

2011 年安徽教育出版社出版了《陆侃如冯沅君合集》，张可礼、袁世硕主编，共十五卷。

据说，古时大儒去世，在送葬时，学生走在儿子的前面，是有道理的。

志同道合

作为五四时代封建家庭出来的女性，四姑争取自由的精神值得钦佩。当时两位兄长都在北平读书，她很羡慕，也要到北平读书。女孩子出门读书，那时是很少见的，可是我的祖母同意了女儿的要求。因为四姑已经订婚，有人说，应该问问夫家是否同意。我的祖母是一位很了不起的女性，她说："我们既然决定了，就不必问。"于是四姑就到北平来上学，也才有了以后的冯沅君。

四姑进了新学堂，有了新知识，她争取自由的志向更坚定。她坚决反对父母之命的婚约，经过一番抗争，解除了这道枷锁。她要自由，要自己决定自己的婚姻。她当然有权选择，这没有什么可责备的。她的选择是当时在清华国学院做研究生的陆侃如。以后，他们一同研究，一同著述，一同到巴黎大学，各自获得了博士学位。

四姑父比较活泼，比四姑外向得多。有一篇文章说，陆侃如参加一个什么考试，老师问："为什么孔雀东南飞？"他答："因为西北有高楼。"又见他自己写的文章写道：他们在巴黎的时候，有一天沅君派他去买面包。他在塞纳河边的小书店里浏览，遇见熟人就聊天，还和老板娘调侃几句，逛够了回家。到了家门口，才"哎呀"一声，想起买面包的任务。我不知道那天他们怎么样打发这顿饭。

四余诗稿

我有时写几首歪诗，从未发表。我给了它们一个总名，"四余诗稿"，因为这些诗都是在工作之余、写作之余、家务之余、疾病之余写成的。《冯沅君创作译文集》中也有"四余诗稿"，是四姑父中风后在病榻上为四姑整理的。这部诗稿的最先便是

《忆天和厂旧居》二首：

> 卜居却忆在天和，塔影湖光逸兴多。屋后苍松窗外竹，晨昏伴我几吟哦。

> 半规颓玉隐遥岑，湖上相携作苦吟。撩人最是千条柳，半摇翠缕半摇金。

以后就是向大西南的迁徙。在从长沙到昆明的路上，车过睦南关时，司机告诉大家要关上车窗。父亲可能是没听见（照金岳霖先生的解释，父亲那时正在考虑哲学问题），依然把手臂放在车窗上，撞折了臂肘，被送到河内医院。四姑也到后方去，正好走这条路，到医院来看望父亲，留下了这首《河内病院见大兄》：

> 间关避贼过南越，伯氏折肱伤未瘥；一见惊呼欲下泪，家人情切在中年。

四姑的"四余诗稿"四十八首，又有"四余词稿"六十四首、"四余续稿"六十五首。我很想知道四姑的"四余"指的是哪"四余"，读来读去，没有看到对"四余"的解释。

（《作家文摘》2019 年总第 2199 期，摘自 2018 年 12 月 21 日《新民晚报》）

说顾城

·杨炼·

探访《今天》

我在认识《今天》杂志的这拨人之前，最先认识了顾城。我们认识的时候在 1978 年中。

我和顾城在一个冬夜摸着黑，冒着小雨儿去探访东四十四条 76 号——就是当时《今天》编辑部的地址。那种夜访，有点像朝圣，更有点心怀忐忑。找到那门牌，是一个小破砖门楼，一推门就开了，可里边空空的没人，叫一声，里屋转出来一个英俊青年，说欢迎欢迎，我是芒克。哇，顾城像见到大师似的，赶紧掏出一卷诗请教，芒克像煞有介事地给顾城指点，这个句子好，那个句子不行；等等。这是老芒克的特点，他判断一首诗，经常从一个句子开始。说了一会儿，大家觉得饿了，就问这儿有吃的没有。芒克的女朋友毛毛说，我们今天只有面条。面条也行啊。于是，面条下锅，大家呼噜呼噜一吃面，也没有什么大师感了，全成了朋友。

顾城的童话世界

顾城跟谢烨的童话世界，也有我的"功劳"。谢烨家里基于上海人的本能和中国社会经验，一听跟一个什么诗人搞到一起，首先极为反对。但是谢烨还是跟顾城联系，她总是犹犹豫豫的，不确定到底是不是要跟顾城好，把顾城弄得很苦恼。当顾城向我求援，我也不是个很有经验的人，但居然给顾城支了非常正确的一招儿，我说，别给她写信，晾她三天，你看看怎么样。

顾城每天都要给谢烨写信的，后来听信我言，将信将疑地停了几天。没想到这立刻就奏效了，谢烨那边马上就崩溃了，投降了，后来干脆就跑来了。

顾城出国的时候意识非常明确，他打定主意不回来，所以他带上了全部证件，什么出生证、结婚证之类的一大堆，该有的资料材料通通带在身边。

但他从欧洲回来后到了香港时，谢烨已经怀了孕，可并没有别的地方邀请他们去，有点走投无路。那时候我的第一个英文译者 John Minford，中文名字叫闵福德，是香港中文大学译丛杂志主编，人是个老嬉皮，但汉语水平很棒。闵福德相当仗义。顾城和谢烨见了他，好像哭诉了一番，说我们没地方可去了。结果闵福德正好要离开香港中文大学，去就任新西兰奥克兰大学的亚语系主任，于是他就挺身而出，说没问题，我来邀请你到新西兰去。那时谢烨有几个月的身孕，过机场海关要像地下工作者一样，穿一个宽大的袍子，遮住肚子，就这样混进了新西兰。闵福德立刻在奥克兰大学建立了一个新西兰—中国作家翻译家工作坊，顾城就是工作坊第一个成员。

1988年，澳大利亚艺术委员会邀请我，我跟友友出访澳大利亚半年后，闵福德把我也请到新西兰，也成了新西兰—中国作家翻译家工作坊的访问学者。我到新西兰的时候，顾城已经买了他在激流岛上的那座房子，我还跟顾城开玩笑，我说你是我们里头第一个成了地主的，有房子啊。

那大房子里到处是奇奇怪怪、支离破碎的东西，所以顾城的木匠活手艺天天用得上，不是修就是钉。他那个生活环境，用顾城原来的话，应该就算是达到他的梦想童话世界了。

顾城"狡黠"的一面

顾城想要在他的房子里实现一个自给自足的小农经济乌托邦。他要养两百多只鸡，鸡拉屎，鸡粪给菜园施肥，菜园子长菜，菜长起来可以卖，卖了再买人吃的粮食和鸡吃的饲料，他希望实现这个循环。这听起来不错，可是没想到接下来问题来了，私人养鸡在新西兰是有规定的，每家养鸡不能超过十二只。

顾城告诉我，他那两百多只鸡，招来的苍蝇就像黑风暴一样，邻居都不敢开窗，一开窗子，苍蝇风暴就哗地冲进去，最后邻居不得不向当地市政府写信抱怨，市政府连来了三封信，勒令他们处理掉鸡。顾城就想把鸡卖掉，可是谁会一下买两百多只鸡？最后他们下了一个狠招，决定把鸡通通杀死，然后做成鸡肉三明治到市场上去卖。

正巧这时候，奥克兰来了一个奥地利的汉学家，叫李夏德。我们后来还一块租车在新西兰的北岛旅行，之后他就去激流岛看了顾城。

他回来以后感动得要命，说顾城谢烨简直就是一对天使，蚂蚁都不可能踩死一只的，太纯洁了。李夏德走了以后，我跟顾城通电话，我说你那时不是正在剁鸡脑袋吗？顾城说了一句话，让我感觉很复杂，他说，那哪能让老外看见啊？我才发现，他心计还是蛮多的，老外来了，该收起来的收起来，让别人看到的是另外一副面孔。

顾城可以同时精神上很超现实，物质上又极端抠门和实用。比如说顾城会规定不允许谢烨干什么，比如买稍微奢侈一点的东西。友友曾经提到过，我们在新西兰的时候，顾城他们带木耳到我们家来，友友给孩子喝果汁，被他们一把抢下来，说不许给他喝果汁。为什么？理由竟是，如果他习惯了喝果汁，以后就不喝水了。

最后一组诗

我和友友 1991 年的 1 月 2 日到柏林 DAAD，当年 12 月 30
日离开柏林去纽约。我们走后，来 DAAD 的就是顾城和谢烨，
他们 1992 年初到达柏林，那差不多算是他们的死亡之旅了。

顾城他们在柏林期间，柏林举行过若干活动。1993 年 2 月，
我专门从纽约飞到柏林，参加柏林世界文化宫的一个活动。当
时留下的一张照片，是芒克、我和顾城三个人，坐在世界文化
宫里的一只沙发上，三个人都嫩少少的，挺高兴。可还有一张
黑白的照片，就笼罩着阴影了，那是我跟顾城在世界文化宫的
讲台上，我正在说话，顾城戴着他那顶帽子，显然感觉镜头没
有对着他，所以不曾留意，但不期而然地，摄影师连着抓拍了
他几张。那几张照片我觉得很可怕，顾城在走神儿，或者说失
神，他的眼睛完全是呆滞的，一片彻底的失神和茫然，让我觉
得死相毕露，好像整个人是空的。

顾城去世不久前，有写过一组叫作《水银》的短句诗，很
短的句子，语言极度碎裂。他最后的一组诗叫《鬼进城》，可
以说把汉字的碎片化联想方式发挥到了极致。我觉得，读这些
诗，你能体会发生在他语言里的一种粉碎性骨折，这和顾城当
时的内心状态特别吻合。

顾城的性格原来在北京就能感觉到，但不是那么明显，因
为那个时候注意力更多集中在外面，对个人性格比如说温柔和

残忍之间的反差，感觉较弱。所以相比之下，他给人的感觉就是温柔那一面，而且温柔得纯真无比，所以他被称为童话诗人。另外，顾城出口成章，他那演讲可以说没任何磕绊，一路流畅无比地就讲下去了，讲得特别有魅力，而且还挺形而上，语言也很干净、很美，总之他让你觉得就是一个"纯"字。

（《作家文摘》2019年总第2257期，摘自2019年7月18日《南方周末》）

《二泉映月》的传世录音

·黎松寿口述，黑陶编写·

忘年交

我和阿炳认识，直接原因是住得很近。我们家住无锡城里的图书馆路 4 号，与 30 号阿炳所在的雷尊殿近在咫尺。阿炳的矮平房有三十平方米左右，屋内桌椅残缺不全，床是竹榻，灶是行灶，可以说是家徒四壁。

我们一家都非常喜欢音乐，我上小学时期，父亲就为我买了把高档次的老红木二胡让我练琴。因为在音乐上有共同语言，又住得近，因此我们一家和阿炳交往较多。阿炳晚年，我做中医的舅舅陆同坤，我哥哥黎松祥——当时是无锡普仁医院的胸科主任，都曾去看望诊治过阿炳的病。我跟阿炳之间，有廿年前后的师友情、忘年交。阿炳当年总叫我的乳名松官，而要我叫他阿炳。

二胡、琵琶、说新闻是阿炳的艺术三绝。绝中之绝是他的二胡演奏技艺。阿炳的二胡技艺，可以说是前无古人。

阿炳二胡厉害在两根弦。一般人的二胡都配用丝质中弦和子弦，阿炳却用粗一级的老弦和中弦。两根弦绷得又紧又硬，手指按弦非用足力不可。阿炳的双手满是老茧，右手的拇指、食指和中指，左手的掌面以及除拇指之外的四个指的指面上，处处是苦练的标记。

发　现

1949 年冬的一天，我去著名二胡演奏家储师竹先生那里上课。因为天冷，正式上课前，我想先活络活络手指，无意间便拉出了后来定名为《二泉映月》的某一段旋律，并顺势拉了下去。在一旁的先生听着听着，认真起来，不待我拉完，忙说："停一下，停一下，这是什么曲子？"我回答说："这是我们无锡的民间艺人瞎子阿炳上街卖艺，边走边拉的曲子。""你能把它完整地拉一遍吗？赶快拉！"储先生迫不及待。

这首曲子我在无锡听得太熟悉了，凭着记忆，完整地把它演奏了一遍。凝神屏气的储先生听完之后，用异乎寻常的激动口吻说："这是呕心沥血的杰作！"于是那次没有上课，他要我专门聊聊阿炳。

我把阿炳的家庭身世和坎坷经历简单地讲述了一遍，并告诉储先生，除了这首乐曲，还听他拉过其他几首。谈话间，南京国立音乐院教授杨荫浏先生正好进来，他听到我们在谈阿炳，也插进来说："你们说的这个华彦钧（阿炳道名），也是我的琵琶先生，我十一岁就向他学过琵琶，那时他只有十七八岁，但已经是无锡城里有名的音乐道士了。此人确实有才华，他双目失明后，我还曾向他讨教过梵音锣鼓。"我向两位先生介绍，此时阿炳已长期在家休养，时常吐血，靠卖些治"丹毒"的草药偏方，加上同居的女人董催弟的孩子接济，勉强糊口度日。

杨先生听完后，深为其忧，要我下次回无锡后，代向阿炳问好；并关照我要设法尽快把阿炳的曲调全部记录整理。不能再耽误，不然恐怕来不及了，一旦失传会抱憾终身！

录 音

1950 年 8 月下旬，杨荫浏和表妹曹安和回无锡过暑假。回来之后，要我马上与阿炳约定录音日期，并要我找一安静场所录音，以免杂音干扰。

我的岳丈曹培灵当时在无锡佛教协会主事，因此录音场所就定在公花园旁边，佛教协会所属的三圣阁内。

1950 年 9 月 2 日晚上，我亲历了世界名曲《二泉映月》的最初录音。

晚上七点半，杨荫浏和曹安和两位先生在三圣阁内静静恭候着阿炳的到来。阿炳刚进门就大声喊："杨先生，杨先生久违久违，想杀我了！"大家注意到在董催弟的搀扶下，阿炳身背琵琶，手执二胡，穿戴得很整齐，梳洗得干干净净，脸上也很有光彩。杨先生闻声出迎，手挽手地把阿炳引入阁内，代他放好乐器，请他入座。小叙片刻后，阿炳问："怎么录法？"

"我喊一二三后，你就像平时那样拉，从头到尾奏完一曲，中间不要说话。"杨先生边答边问，"你先拉二胡还是先弹琵琶？"阿炳说："你先听听胡琴再说。"杨先生于是要求在场人员保持肃静，并要曹安和做好录音准备。录音机启动，钢丝带缓缓地转动起来。这首阿炳多少年来琢磨修改过无数遍的乐曲，一下子拨动了每个人的心弦，引起了强烈的共鸣。杨先生暗暗向我竖起大拇指。

大约五分钟，曲调在渐慢中结束。阿炳在最后一个"5"音上习惯地将一指从高音区滑向琴筒处，以示全曲终结。从陶醉中醒来的杨先生带头鼓掌，连说："太妙了，太妙了！难得啊，难得！"

定 名

杨先生问阿炳："曲名叫什么？"阿炳回答没有名字。杨先生坚持要有一个名字。想了很久，阿炳说："那就叫它《二泉印月》吧。"杨荫浏和曹安和听了，都觉得这个曲名不错。杨先生向阿炳提出：印月的"印"字，改成映山河的"映"字可好？阿炳欣然同意。

这时录音钢丝倒好，随即机器内扬声器响起了《二泉映月》。坐在录音机旁的阿炳激动不已，他沿着桌子摸索，双手抱好钢丝录音机大声叫道："催弟、松官，听到没有，一点没错，这是我拉的，这是我拉的！"又说，"这东西像有仙气似的，不然哪能马上放出来，曹先生你把声音放响些，不，还要放响些！"

放完录音，阿炳问杨先生还能不能重放，杨先生告诉他，照说明书上说，能连续放十万次也不失真。阿炳很是惊奇，天真地说："这台机器贵不贵？我也想买一台玩玩呢。"

然后，又录制了二胡曲《听松》和《寒春风曲》。第二天，又在盛巷曹安和家里录制了琵琶曲《大浪淘沙》《昭君出塞》《龙船》，全都是一次通过。由此，阿炳创作的《二泉映月》等民族音乐中的瑰宝，一飞冲天了。

（《作家文摘》2018 年总第 2170 期，摘自《二泉映月：十六位亲见者忆阿炳》，黑陶著，广西师范大学出版社 2018 年 8 月出版）

图书在版编目 (C I P) 数据

历史回眸/《作家文摘》编 . — 北京 : 现代出版社 , 2021.5
(《作家文摘》名家忆文系列)
ISBN 978-7-5143-8981-4

Ⅰ. ①历… Ⅱ. ①作… Ⅲ. ①纪实文学－作品集－中国－当代
Ⅳ. ① I25

中国版本图书馆 CIP 数据核字（2020）第 269017 号

历史回眸（《作家文摘》名家忆文系列）

编　　者	《作家文摘》
责任编辑	毕椿岚　申　晶
出版发行	现代出版社
通信地址	北京市安定门外安华里 504 号
邮政编码	100011
电　　话	010-64267325　64245264（传真）
网　　址	www.1980xd.com
电子邮箱	xiandai@vip.sina.com
印　　刷	金世嘉元（唐山）印务有限公司
开　　本	710mm×1000mm　1/16
印　　张	18
字　　数	187 千
版　　次	2021 年 5 月第 1 版　2023 年 9 月第 4 次印刷
书　　号	ISBN 978-7-5143-8981-4
定　　价	48.00 元

版权所有，翻印必究；未经许可，不得转载